La carte de hockey magique

DU MÊME AUTEUR

Bonne Pêche, édition du Jour, guide pratique, 1989, 182 pages.

Le secret du lotto 6\49, Boréal, roman jeunesse, 1991, 164 pages.

L'agenda du Pêcheur et du Chasseur 1991, 148 pages.

L'agenda du Pêcheur et du Chasseur 1992, 164 pages.

Marie-Neige et la plume magique, conte-album, 1992, 36 pages.

Marie-Neige et le canard de bois, conte-album, 1993, 20 pages.

Silences d'Automne, poésie, 1998, 56 pages.

L'Art de bien lire, guide pédagogique, Éditions Marie-France, 1998,

Qui a croqué dans mon parasol? roman, Éditons Marie-France, 1998,

Nuits de Débâcle, poésie, 1999, 48 pages.

La carte de hockey magique, roman jeunesse, 2000, 148 pages.

Mon guide pour l'exploitation pédagogique de la lecture, 2000, 36 pages.

Marie-Neige et le canard de bois, conte format poche, 2001, 32 pages.

Marie-Neige et la plume magique, conte format poche, 2001, 40 pages.

Nicotine et le dé mystérieux, roman jeunesse, 2001, 104 pages.

La carte de 1 000 000 $, roman jeunesse, 2002, 200 pages.

Nicotine et le vaisseau d'or, 2002, 104 pages.

AUTRES ÉCRITS

Secret to Angling Success, Fish'n Canada, rédaction et traduction française , 1985, 96 pages

Les recettes de Maman et Grand-Maman, éd. Horizon, 1986, 244 pages

Écrits journalistiques pour la télévision et pour le journal Plein Air Chasse et Pêche, 1989-1991 (revues)

À PARAÎTRE EN 2002-2003

Sur les sentiers de la pêche, guide pratique,

Nicotine et l'échalote bleue, roman jeunesse,

Le télécopieur (Le Grand Mario) roman jeunesse

Michel Foisy

La carte de hockey magique

Roman jeunesse

© Éditeur : Michel Foisy
249, rue Sicard, bureau 218
Sainte-Thérèse (Québec) J7E 4T4

Téléphone : (450) 979-0928
Télécopieur : (450) 979-2457

Dépôt légal : 2003
Bibliothèque nationale du Québec
Bibliothèque nationale du Canada

ISBN 2-9802200-6-X

Photographie de la page couverture :
Le Club de hockey Canadien de Montréal et M. Jean A. Roy
Photo de l'auteur : Diane Clément
Maquette de la page couverture : Suzie Boisvert

Révision : Raymond Paradis
          Pauline Lavallée
          Georges Bilodeau
          Maurice Carrière

Correction d'épreuve : Lucie Bernard, Christine Barozzi

Impression : Imprimerie Marc Veilleux
Composition et montage : Françoise Hubert

L'auteur remercie M. Maurice Richard pour avoir géné-
reusement préfacé ce livre, ainsi que M. Jean A. Roy, agent de
M. Maurice Richard, et Mme Denise Landry, secrétaire.
L'auteur a apprécié les anecdotes savoureuses de Mme Paula
Roy. Il remercie également M. Bernard Brissette du Canadien
de Montréal.

À Maurice Richard

«Pour que le caractère d'un être humain dévoile des qualités vraiment exceptionnelles, il faut avoir la bonne fortune de pouvoir observer son action pendant de longues années.

Si cette action est dépouillée de tout égoïsme, si l'idée qui la dirige est d'une générosité sans exemple, s'il est absolument certain qu'elle n'a cherché de récompense nulle autre part et qu'au surplus elle ait laissé sur le monde des marques visibles, on est alors, sans risque d'erreurs, devant un caractère inoubliable.»

Jean Giono, écrivain
L'HOMME QUI PLANTAIT DES ARBRES

«Je dédie ce livre à Maurice Richard, mon idole et le plus grand héros québécois!»

Michel Foisy, auteur
LA CARTE DE HOCKEY MAGIQUE

MOT DE L'AUTEUR

Il existe des êtres qui vous marquent pour toute une vie. J'ai eu le bonheur d'en rencontrer un. Je garderai toujours en mémoire, le jour où Maurice Richard a mis sa main sur mon épaule, dans l'abri des joueurs au parc Jarry, en 1962. J'étais alors lanceur pour l'Association sportive Laval-Ahuntsic et Maurice Richard était président. J'avais quatorze ans. J'allais lancer pour une joute de championnat. Maurice m'a dit : «Détends-toi. Tu vas lancer une bonne partie...» Il venait de mettre le feu aux poudres! Notre équipe remporta la victoire par le compte de 7 à 0 contre l'équipe adverse de Ville Mont-Royal. Merci, Maurice Richard!

Michel Foisy

Michel Foisy, auteur

PRÉFACE

Mes chers amis,

Vous savez comme moi que le hockey est un sport merveilleux. Si je peux vous donner un seul conseil, je vous suggère de mettre tout votre coeur au jeu. Tout joueur ou toute joueuse doit donner le bon exemple!

J'ai toujours été un fervent défenseur de cette qualité essentielle. Je vous invite donc, garçons et filles, à chausser les patins! Amusez-vous à jouer au hockey. C'est un sport vivifiant.

Je lève mon chapeau à tous les entraîneurs et à toutes les entraîneuses bénévoles qui donnent de leur temps et motivent notre jeunesse québécoise à pratiquer ce fantastique sport d'équipe.

Je souhaite, enfin, bonne chance à M. Michel Foisy, auteur et à son passionnant roman jeunesse, *La carte de hockey magique*.

Votre ami, Maurice Richard

1

Un samedi soir...
bien ordinaire!

19 h : Je portai la main à mon front. Hein??? Un bouton émergeait entre le derme et l'épiderme. Il perforait ma peau comme le dard d'une mouche à chevreuil! Comme je les haïssais, ces horribles boutons!

Le soir s'étendait sur la ville comme une couche de mayonnaise qu'on étend sur un sandwich. Parlant de sandwich, je décide de m'en faire un. Et un gros! Gros comme le dictionnaire *Robert!* J'ai une faim de loup.

Comme tous les samedis soirs, mes parents, Paul-André et Fernande, étaient au cinéma et moi, seul à la maison. J'atterris doucement sur le divan du salon, en happant au vol le sac de chips à saveur toute garnie plus *extra pepperoni*.

19 h 5 : Bien assis, je pointai la télécommande en direction du téléviseur : jamais je ne ratais un match de hockey du Canadien de Montréal.

Mon pantagruélique goûter s'étalait sur la table du salon. Le match de hockey débutait furieusement par un super-incroyable-lancer-frappé de la ligne bleue décoché par un joueur du Canadien, mon équipe préférée. Les élastiques dans mes jambes auraient bien aimé s'étirer jusqu'au plafond, mais l'énorme sandwich que je tenais dans ma main droite m'incita à rester assis. Le compte : 1 à 0 pour Montréal.

Il faut vous dire que je suis un fan inconditionnel des Canadiens de

Montréal. Ma méga-gigantesque-incroyable-collection-de-cartes-de-hockey le prouve. C'est ma passion! Je vois même des rondelles dans ma soupe aux vermicelles, mais malheureusement je ne peux pas patiner. Je suis handicapé. Pendant d'interminables années, je suis demeuré assis dans un fauteuil roulant à la suite d'un grave accident que j'ai subi à l'âge de 3 ans. Les médecins avaient dit que je ne remarcherais probablement jamais. Il y a 6 mois, les spécialistes de l'hôpital Marie-Enfant à Montréal ont retiré les orthèses qui me servaient de support. Maintenant, je peux marcher, mais difficilement. Je conserve toujours dans mon cœur l'espoir de jouer au hockey un jour...

Dans ma classe, une seule fille est aussi fanatique que moi des cartes de hockey : Mariline Marleau, la plus belle fille de l'école! Tous les gars veulent sortir avec elle!

Je ne ressemble aucunement aux grands séducteurs comme Leonardo Di Caprio ou Nick Carter des Backstreet Boys. Non! Mon charme réside dans ma bonne humeur et dans mon enthousiasme. Et cette grande passion pour collectionner des cartes de hockey m'habite 24 heures par jour! À tel point que le soir, dans mon lit, je leur parle secrètement. Mariline et moi, on troque fréquemment des cartes de hockey. J'échangerais bien aussi avec elle bien d'autres choses que des cartes...

Mon carnet d'autographes porte la signature de nombreux joueurs de la Ligue nationale, en particulier de mes idoles du Canadien.

19 h 39 : Super! Les Canadiens ont marqué un deuxième but! J'avalai l'autre moitié de mon sandwich d'une seule bouchée. Aïe! Je faillis me décrocher la mâchoire.

21 h 50 : La sirène retentit dans le stade. Montréal l'emporta 3 à 0; mon bouton aussi...!

La mayonnaise éveilla l'odorat extrêmement sensible de mon chien Mégot, un superbe Labrador noir que mes parents m'avaient offert pour mes 10 ans. Ce bel animal était devenu mon confident. Quant à Charlot, mon gros matou noir marbré de blanc, il se prélassait sur le canapé du salon, les moustaches graisseuses et lisses. Ce quadrupède ronronnait comme une vieille guimbarde et ses yeux jaunes, striés de noir, s'ouvraient et se fermaient machinalement par intervalles irréguliers. Je l'adorais!

L'hiver roulait dans la cheminée et sous les portes de la maison. Brr...

22 h 53 : J'étais sans nouvelles de Paul-André et de Fernande. Ils devaient se lécher les doigts chez Saint-Hubert B.B.Q...

23 h 59 : Le minuscule bouton apparu un peu plus tôt dans la soirée, se gonflait maintenant comme le ventre d'une grenouille.

Lundi matin, il ressemblerait probablement à un gyrophare de camion de pompiers et mes amis de l'école se bidonneraient en me voyant.

0 h 13 : Que font donc Paul-André et Fernande? Quel citron que la vieille Honda de ma mère! Je vais la décrire : elle est de la même couleur, vert lime, que les cheveux de Moins Quinze, une élève de ma classe qui regardait souvent l'horloge, la tête penchée à gauche. Imaginez un instant l'automobile de Fernande. Quand elle la démarre, le tuyau d'échappement projette un immense nuage noirâtre, aussi noir que le plumage d'un corbeau. L'hiver, la guimbarde démarre une fois sur deux. Alors, elle s'en sert un jour sur deux, souhaitant tomber sur la bonne journée! Un jour, lors d'une terrible tempête de verglas, les deux balais des essuie-glaces se détachèrent et s'envolèrent.

Un soir, une voiture de police la tassa carrément sur l'accotement, sirène hurlant dans la nuit et gyrophares tournoyants. Un des phares avant de la bagnole de Fernande avait rendu l'âme et le pare-brise était givré, car la chaufferette avait rendu son dernier souffle. Un des pneus était quasi à plat et le pare-chocs tenait par un fil! Ma mère ne portait pas sa ceinture de sécurité puisque le mécanisme avait cédé. Le policier lui colla un «48 heures», une amende de 500 $ et lui suggéra fortement de trouver une voiture en meilleure condition ou de faire réparer sa vieille bagnole.

1 h 10 : Mon bouton ballonnait comme une montgolfière... Pour le cacher, il faudrait plus que du «Clearasil»!

Je me demandais si je devais regarder Sexy Night ou Érotica quand j'entendis pétarader le silencieux de la Honda. Il faisait un bruit d'enfer comme les motos des Hell's Angels! Des portes claquèrent. Mes parents arrivaient.

Je me dirigeai vers mon lit. Je ne voulais pas subir la batterie de questions usuelles : «As-tu rangé le pot de mayonnaise et les confitures dans le frigo? As-tu débranché le grille-pain? As-tu rangé le pain, la vaisselle...». J'entendis plutôt :

—Maxime, descends. Nous avons un important colis pour toi.

Je sortis ma tête des couvertures comme une marmotte en état d'hibernation et je descendis les marches une à une. Une douleur persistait encore dans les os de mes jambes.

—Max, dit Fernande, en revenant du restaurant, nous nous sommes arrêtés chez l'oncle Hubert, ton parrain, pour prendre la fameuse malle en osier : ton héritage. La voici! C'est un poids lourd. Un voisin nous a dépannés avec sa Jeep, car la grosse malle n'entrait pas dans la Honda.

Alors, le voisin de l'oncle Hubert, Jean Caisse, et mon père transportèrent la malle dans ma chambre. Ouf! Un vrai coffre de pirate! Quel trésor pouvait-il renfermer? Je l'ouvris, excité comme un gamin devant une pile de cartes Pokémon...

Une lettre m'était adressée. Je la lus.

Mon cher Maxime,

Je vais bientôt mourir. Je te lègue deux choses : ma collection de cartes de hockey et ma machine à remonter dans le temps!

Dans la grosse malle, tu trouveras ma collection de cartes de hockey que j'ai ramassées depuis mon adolescence. Je *L*es collectionne depuis plus de 50 ans! Elle contient 25 503 cartes! Tu découvriras également 2000 cartes protégées par des étuis de plastique. Quelques-unes sont introuvables et d'autres fort recherchées des collectionneurs professionnels! C'est ton héritage, mon brave Max!

Quant à l'**A**ppareil qui ressemble étrangement à un ordinateur portatif, c'est mon invention! Le LTP 2000. Il est muni d'un lecteur de carte de hockey. Il fonctionne seulement avec «**LA CARTE DE HOCKEY MAGIQUE**» : **une carte de hockey que tous les collectionneurs voudraient posséder!**

Le système d'exploitation de ma machine à remonter dans le temps est facile à faire fonctionner, même si j'ai mis **P**lusieurs années pour construire cet engin. Dans cette lettre, il serait trop fastidieux de t'expliquer en détail son savant mécanisme.

Voici quelques instructions : premièrement, tu dois mettre la main sur «LA CARTE DE HOCKEY MAGIQUE» que j'ai informatisée et magnétisée. Nulle autre carte que celle-là ne pourra faire démarrer le LTP 2 000. Alors, tu entreras dans le secret des dieux : tu verras apparaître à l'écran les plus grandes vedettes qui ont joué pour le Canadien de Montréal et tu connaîtras tous les secrets de leur succès!

Pour construire ce prototype, j'ai eu recours à l'aide de mon bon ami, Léandre Jasper, un illustre savant enseignant la ro***B***otique à l'Université de Montréal. L'appareil possède une mémoire vive 100 fois plus puissante que les ordinateurs les plus performants.

Deuxièmement, quant à la «CARTE DE HOCKEY MAGIQUE», elle contient les données indispensables et les transfère au LTP 2 000. Plusieurs puces microscopiques et reliées par des ci***R***cuits électroniques ont été insérées dans cette carte dotée d'une mémoire dépassant les 100 gigaoctets! Ces données te permettront de revoir des images du passé! Le LTP 2 000 possède une banque de renseignements presq*U'* illimitée. **Max! tu remonteras dans le temps!!!** Prends le temps de bien lire la feuille d'instructions que j'ai glissée dans l'appareil.

Troisièmement, à l'aide du microphone logé dans l'appar*E*il, tu pourras communiquer avec les superstars du Canadien, d'hier et d'aujourd'hui.

N'oublie surtout pas de cacher les cartes et le LTP 2 000 dans un endroit secret et connu de toi seul. S'il le faut, loue des coffrets de sécurité à la Caisse populaire! Certaines cartes de collection ont une grande *V*aleur monétaire et s*E*ntimentale.

Je me rappelle*R*ai toujours ces beaux moments que nous avons passés ensemble à échange*R* des cartes de hockey et à discuter.

Max, je connais ta passion et je sais que les cartes seront entre bonnes **M**ains. Amuse-toi et bon voyage avec ma machine à voyager dans le temps!

Ton oncle,
Hubert «Bert» Laforest

Hourra! Mon oncle avait finalement réussi à construire sa **«FAMEUSE MACHINE À REMONTER DANS LE TEMPS»**! Il m'en parlait vaguement à chaque fois que je lui rendais visite. Je l'avais pris au sérieux car je le croyais capable d'inventer une telle machine quoiqu'il ait été avare de ses renseignements.

L'appareil était emballé dans une solide boîte de carton que j'ouvris tout excité. Je pris dans mes mains sa machine à voyager dans le temps! Pour l'instant, il m'était impossible de m'en servir; je n'avais pas trouvé la «CARTE DE HOCKEY MAGIQUE». Je rangeai donc le LTP 2 000 dans le haut de la penderie.

Mais sa collection de cartes, alors! Un trésor plus précieux, pour moi que l'épave du *Titanic!* De quelle «CARTE DE HOCKEY MAGIQUE» informatisée et magnétisée voulait-il bien parler? Il y en avait des milliers...

Je cherchai, cette nuit-là inlassablement cette fameuse «CARTE DE HOCKEY MAGIQUE» parmi les 2 000 cartes précieuses insérées dans des étuis en plastique. Ces gaines protégeaient des cartes extrêmement rares et combien recherchées! Je ne trouvai aucune carte magnétisée qui aurait pu faire démarrer le LTP 2 000.

Je fermai l'œil vers les 3 h 45. Je fis encore le même cauchemar qui me poursuivait depuis des années.

2

L'héritage
de mon oncle «Bert»

Quand je me réveillai, j'ouvris la malle aussitôt. Outre les 2 000 cartes que l'oncle «Bert» avait glissées dans des étuis en plastique, je trouvai des centaines de boîtes de carton bourrées de cartes de hockey. Hum! Par où allais-je commencer? Je me rendis vite compte que mon oncle avait classé les cartes de hockey selon un ordre bien précis. Il avait respecté les années d'impression et elles étaient bien indiquées sur chacune des boîtes. En plus, il précisait la compagnie qui avait imprimé les cartes.

Au début des années 50, la compagnie Parkhurst imprima des cartes de Maurice Richard. J'ouvris quelques boîtes au hasard.

Puis, je m'intéressai à l'appareil scientifique et ingénieux qui pouvait remonter dans le temps. Imaginez l'instrument! Il avait été vraiment astucieux, oncle Hubert. Ses 32 années de service à la Défense nationale lui avaient permis de devenir un expert en informatique et en électronique. Il avait passé la plus grande partie de sa vie à perfectionner les systèmes de guidage des missiles à longue portée, les radars de surveillance aérienne, de même que les systèmes électroniques de détection au sol. Son génie et ses connaissances en électronique l'avaient inspiré dans la construction de l'instrument. C'était du travail de professionnel. Les Japonais auraient ri jaune.

L'invention électronique avait l'aspect d'un véritable ordinateur, comme les tout nouveaux ordinateurs portatifs. Il pesait au plus un kilo et il étincelait comme l'or! L'absence de fils et de piles me permettait d'émettre l'hypothèse qu'il pouvait fonctionner à l'énergie solaire ou au laser! L'instrument possédait plusieurs boutons pour exécuter différentes fonctions.

Je mis la main sur le guide d'utilisation qui accompagnait le LTP 2 000. Voici l'essentiel de ce que mon oncle avait écrit de sa plume :

INSTRUCTIONS

Maxime, insère la "**CARTE DE HOCKEY MAGIQUE**" dans le lecteur du **LTP 2 000** pour le faire fonctionner. Appuie ensuite sur la touche "EN MARCHE". Le menu principal apparaîtra à l'écran. À l'aide de la souris, clique sur l'icône "ARCHIVES".

Tu pourras accomplir les opérations suivantes :

1. Visionner les matchs du Canadien depuis 1955.

2. Assister aux entraînements.

3. Visionner les grands événements : les grandes victoires, le 50e but de Maurice Richard, la *punch line*, l'émeute à la suite de la suspension du Rocket, les conquêtes de la coupe Stanley, les meilleurs joueurs, etc.

4. Parler aux plus célèbres entraîneurs.

5. Lire et imprimer les statistiques et les photographies des joueurs.

6. Revoir les séquences des "coups et blessures".

7. Garnir tes carnets des autographes des joueurs.

Bon retour dans le passé!

Ton oncle Hubert "Bert" Laforest

Léandre Jasper, savant

Fan-tas-ti-que! Aucune cassette vidéo, aucun logiciel, ni aucun jeu de Nintendo ou autre ne pourrait remonter dans le temps et répertorier tous ces événements comme le fameux lecteur de l'oncle «Bert». Merci mon oncle! J'étais fou de joie! Mais, où se cachait-elle cette fameuse «CARTE DE HOCKEY MAGIQUE»?

Pour l'instant, il m'était impossible de me servir de l'appareil. Quel héritage m'avait légué mon oncle! Je relus sa lettre. Je remarquai nettement les lettres en caractères italiques gras et soulignés. Mais les 2 000 cartes que contenait la précieuse boîte métallique m'intéressaient davantage! Je nageais dans un océan de cartes.

Je fis encore glisser entre mes doigts, une à une, les cartes enveloppées dans un étui de plastique. Quelle équipe de super-vedettes j'aurais pu former!

Je sortis quelques cartes de leur enveloppe protectrice. Ces cartes étaient rares et avaient une grande valeur. Je les manipulai avec soin. Je pris dans mes mains les cartes de Jean Béliveau, 1953-1954 de la série Parkhurst, puis celles de Henri Richard, 1963-1964, de Jacques Lemaire, de Jacques Plante, 1967-1968 série Topps, de Bobby Orr et de Bobby Hull, 1968-1969. Quels joueurs que ces Hector «Tœ» Blake, Bernard Geoffrion, «Butch» Bouchard!... Leurs cartes faisaient partie des plus belles pièces de ma nouvelle collection!

Je m'amusai ensuite à palper celles de Jaromir Jagr, de Paul Kariya, de Luc Robitaille et de Temue Selanne. En comptant mes propres cartes, j'avais une superbe collection de 36 532 cartes! Comme j'étais fier et heureux! Ça me permettait d'oublier temporairement mes faiblesses aux jambes.

À tout hasard, je glissai dans le LTP 2 000, la fameuse carte de

Jacques Plante, ce célèbre cerbère du Canadien qui avait inventé le masque de gardien de but : aucun résultat. Je répétai l'opération avec les cartes de Raymond Bourque, de Bernard «Boum Boum» Geoffrion, de Ken Dryden et de plusieurs autres. Rien! L'appareil ne démarrait pas. Je le rangeai sur une tablette de la penderie, sous une pile de chandails en coton. Quant au coffre, je le voulais près de mon cœur... et de mes mains! Déjà 23 h 30! Comme cette journée a passé rapidement...

Je fermai les yeux et j'enfouis ma tête sous mon oreiller en espérant que le monticule sur mon front s'estomperait pendant la nuit. Mégot s'allongea au pied de mon lit, les deux oreilles rabattues sur les yeux.

1 h 40 : Je me réveillai tout en sueur. J'avais encore fait un macabre cauchemar! Pourquoi ces gémissements lugubres me hantaient-ils?

1 h 45 : Je me dirigeai vers la salle de bains sur la pointe des pieds. J'appuyai sur l'interrupteur. Je pointai mon pif dans le miroir. Peuh! Dégueulasse! Un nouveau record *Guinness!*

3

Salut les copains, ça gaze c'matin?

Le jour se démaquilla du sou-
venir de la nuit et un soleil plus
jaune qu'un citron parut à l'horizon.
Moi, j'avais la fraise garnie d'un bouton de la dimension d'un gros bleuet
du Lac Saint-Jean.

7 h 30 : Fatalement, la vie conti-
nuait et je devais faire face aux événements. La protubérance apparue
samedi soir n'avait pas suivi de
régime «*Weight Watchers*»! Mes
copains se moqueraient de moi certainement. La meilleure crème ultra-
anti-bouton-hyper-améliorée, pres-
crite par un médecin du CLSC,

n'avait pas réussi à le faire diminuer d'un millimètre. Il déformait complètement ma figure.

Avant de quitter la maison, je rabattis la visière de ma casquette, dans l'espoir qu'elle cache une partie du gros monstre. Mais le directeur ne voulait pas qu'on porte de casquette dans l'école. Quel cul-de-sac! Paul-André disait que je ressemblerais à une momie avec le pansement que je voulais enrouler autour de ma tête. Comment masquer mon bouton? Je dus chasser de mon esprit le prétexte de louper l'autobus car j'avais un important examen de mathématiques.

Je ne connaissais pas l'inventeur des boutons d'acné, mais il avait dû en dévorer des chips, des barres de chocolat, des litres de crème glacée et avaler des litres de boisson gazeuse!

8 h : Les freins de l'autobus grincèrent devant ma maison comme les 32 dents de ma bouche. La trouille

s'empara de moi. Je me dirigeai vers le *monstre jaune*. Allais-je franchir les portières à reculons ou m'enfoncer la casquette jusqu'au nez? Rien n'était pire que l'indécision. Si je plaçais ma main sur mon front, ça paraîtrait moins. Je rageais : Grrrr!

Dans des circonstances semblables, n'importe qui souhaiterait qu'on l'oublie sur le bord du trottoir. Malheureusement, la porte de l'autobus scolaire s'ouvrit comme la cage d'un fauve! Je faillis trébucher dans les marches.

—Bonjour, Klaxon! dis-je au chauffeur.

—Hé Max! As-tu reçu un «deux par quatre» sur le front?

La journée commençait bien...

Je regardai vers l'arrière de l'autobus; mon cœur palpitait et je tremblais comme lors de mon exposé oral, la semaine dernière. Mario Bros était un géant à côté de moi tellement j'étais petit dans mes souliers! Tous me regardaient les yeux grands comme des soucoupes.

Je fonçai! «Salut les copains, ça gaze c'matin?»

Ce fut le fou rire général dans l'autobus scolaire... J'avais l'air plus «épais» que mon bouton! Moins Quinze me lança devant tous mes amis :

—T'en auras plus de boutons! Y'a plus de place dans ta face.

—Max! tu devrais aller voir Chloroforme, me dit Anne.

Anne Aimike était ma voisine de classe, de case, de maison, de chalet, de laboratoire... J'étais chanceux: elle n'était pas née la même journée que moi! Était-elle mon ange gardien ou mon bourreau? Elle me harcelait et je l'avais toujours sur les talons. *Quelle peste!* Elle était assommante au possible et son teint cadavérique n'arrangeait rien.

Chloroforme, l'infirmière de la polyvalente, portait un sarrau vert de la même couleur que les murs. Elle possédait une technique infaillible qui dissipait instantanément toutes les formes de maladies imaginaires et surtout les petits malaises qui naissaient, tout à fait par hasard, peu de temps avant un examen...! Elle sortait d'un tiroir une seringue remplie d'un liquide rougeâtre et disait sur un ton sans réplique : «Baisse ton jeans. Respire profondément. J'te pique sur la fesse.» Ce remède était très efficace contre la bactérie-qui-donne-le-goût-de-sécher-un-cours-avant-un-examen...!

Chloroforme faisait alors gicler de la pointe de l'aiguille quelques gouttes qui dégoulinaient sur le plancher. Sa méthode était très, très efficace! Croyez-moi. Les adeptes des 1 001 excuses et des 100 prétextes dont j'étais, sortaient de l'infirmerie le visage livide et les jambes molles comme de la guenille. On reprenait rapidement le chemin de la classe...

L'histoire de mon épouvantable bouton fit le tour de l'école plus vite que le dernier satellite américain en orbite. Ceux et celles qui en avaient, des petits et des gros, se turent. Quant aux autres, ils se payèrent ma tête jusqu'au moment où j'eus la brillante idée de leur dire que j'avais une tumeur au cerveau... Quel effet cela a eu!

Je leur dis que mes jours étaient comptés et que j'entrerais bientôt à l'hôpital. Presque tous me prirent en pitié. Même que M. le directeur vint me rencontrer à la porte de la classe pour s'enquérir de ma santé. Il était tombé dans le panneau lui aussi... En l'espace d'une heure, je passai du statut de pire laideron à celui de garçon le plus sympathique. Je savais que raconter des bobards n'arrangerait pas la situation et que le cancer était une très grave maladie. Mais il fallait que je sauve ma peau!

Même les plus belles filles de

l'école me regardaient toutes émues!
Je me sentais flatté, moi qui avais
l'ego plus petit qu'un œuf de canari
et qui m'étais torturé durant tout le
week-end.

Le doute semé me donnait bonne
mine. Mon prof de français, surnom-
mé Moumoute à cause de sa perruque
rousse, m'apostropha. Voulait-il me
mettre *entre parenthèses ou me lais-
ser en suspension*? Quel phénomène
que ce professeur de français : long et
mince comme une échalote géante! Il
ressemblait drôlement à une girafe
avec sa chemise à pois jaunes et son
pantalon à carreaux en forme de
tuyau de poêle...

—Maxime Laforest, j'en ai ras-
le-bol de tes farces plates. Certains
élèves sont venus me raconter tes
balivernes à propos de ton bouton. Si
les élèves croient en tes blagues, moi,
je les trouve de bien mauvais goût,
me dit-il devant toute la classe. Tu
n'es pas le premier à avoir fait ce
coup!

Je chuchotai à Samuel : «Tu ne trouves pas que sa perruque ressemble à une vadrouille? Pourquoi coupe-t-il les cheveux en quatre?»

Le professeur m'entendit. Son visage devint écarlate comme sa cravate. Il quitta son bureau et s'approcha de moi. Dans son énervement, sa perruque vint choir sur le pupitre d'Anne. On aurait pu entendre une mouche voler tellement l'atmosphère était tendue. N'eût été des quelques rires étouffés de Lay... J'avais réussi à faire sortir le prof de ses gonds. Il me sermonna sévèrement.

Je dus lui avouer toute la vérité, bien malgré moi et Moumoute me colla deux jours de retenue et de récupération! Pas grave : Somnifère surveillait. Cette enseignante avait été affublée de ce sobriquet par Et Dix, car elle parlait comme un disque 33 tours... mais plus au ralenti!

Cette journée me parut la plus longue et la plus pénible de ma vie! Le jeu aurait pu durer quelques jours, le temps que le bouton s'efface en partie de mon visage. Mais la nouvelle de ma supercherie se répandit comme une traînée de poudre dans toute l'école. Au retour, dans l'autobus, on me dévisageait et mon bouton me défigurait.

– Comme ça, tu as le cancer? me dit Rosalie ironiquement.

– Pas moi... la voiture de ma mère! Tu devrais la voir... Ouf! un vrai tas de ferraille ambulant. Elle a pensé la vendre, mais le vendeur exigeait qu'elle débourse 50 $... Elle devait payer pour la vendre! Imagine!

Même Lay Chalaute, un Manitobain d'origine, se moqua de moi. Ce paquet d'os ambulant, n'avait pas besoin de se déguiser à l'Halloween.

Dans le gros monstre jaune, on rigolait. Même Klaxon, le conducteur riait.

Je me demandai longuement comment ce volcan de chair et de lave avait pu faire irruption sur mon front, un certain samedi soir.

Plus la fin de la semaine approchait, plus mon sac d'école s'alourdissait et plus mes épaules s'arrondissaient. Je transportais dans mon sac à dos, outre mes manuels scolaires, mes cahiers d'exercices, un tas de cartes de hockey. À la récréation du matin, je transigeais. J'étais le plus jeune patron d'une importante PME* dont les activités consistaient à échanger, à acheter et à vendre des cartes de hockey.

La nuit, je rêvais que ma chambre était pleine de cartes de joueurs. Je me voyais même patiner avec les Maurice Richard, Jean Béliveau, Guy Lafleur... et compagnie!

---

* PME : Abréviation de « petite et moyenne entreprise ».

4

Mystère et boule de gomme!

Chaque jour, j'arrêtais à la boutique La place du hobby, qui était manifestement le rendez-vous des collectionneurs les plus férus de cartes sportives. Là, on achetait, on échangeait, on vendait des cartes de hockey. Mais également les cartes des plus grandes vedettes de baseball, de football, de basketball... C'est à cet endroit que les plus belles cartes de collection s'étalaient dans un comptoir vitré. Comme elles m'impressionnaient! Plusieurs faisaient l'envie des collectionneurs, mais leur coût élevé modérait leurs désirs. Dans ce magasin régnait une saine ambiance de curiosité et d'admiration où jeunes et adultes se côtoyaient.

La carte qui attirait le plus mon attention était celle de Maurice Richard, 1951-1952 RC de la collection Parkhurst. Elle valait 1500 $! Mon salaire d'emballeur au marché d'alimentation Métro ne suffisait pas. Je n'avais pas l'âge requis pour travailler. Mais, le marché d'alimentation appartenait au frère de mon père. J'eus un passe-droit. Bien sûr, d'autres cartes m'intéressaient, comme celle de Peter Forsberg à 250 $ et celle de Sergei Fedorov à 100 $ de la collection Pacific Paramount Ice Blue. Quant à celle de Patrick Roy, de Steve Yzerman et de Paul Kariya, elles valaient entre 100 $ et 300 $ selon la collection et l'année d'impression. J'aimais mieux épargner pour acheter un jour la fameuse carte du «grand» numéro 9.

Je rentrai donc à la maison avec quelques paquets de cartes Upper Deck. Je fis un détour pour aller voir jouer au hockey les gars de mon école. Quand pourrais-je moi aussi patiner avec mes amis? Mes jambes étaient trop faibles. Je repris la route, désolé. Arrivé chez moi, je montai les marches une par une, je m'allongeai sur mon lit comme un chat et les traits divins du visage de Mariline Marleau se dessinèrent soudainement sur les murs de ma chambre. Ah! Mariline! disait mon cœur. J'avais l'imagination très féconde.

Pourtant, les murs de ma chambre, je les avais très bien tapissés avec les «*posters*» de mes idoles préférées : celles des Maurice Richard, Pavel Bure, Jaromir Jagr, Paul Kariya, Guy Lafleur, Mario Lemieux, Gordie Howe, Teemu Selanne, Wayne Gretzky et quelques autres. Ma mère avait déjà dit qu'elle économisait sur la tapisserie! Ma très grande passion pour la collection de cartes de hockey occupait entièrement mes temps libres.

J'étais abonné à la revue *Beckett*, le mensuel le plus populaire qui traitait du prix des cartes de tous les genres et relatait certains événements de la vie de mes idoles. Je ne ratais pas une occasion de me rendre dans les expositions au Palais des Congrès, chez Bill Wong ou au Ramada Inn.

Au début de l'année scolaire, j'avais mis sur pied un club de collectionneurs. Aujourd'hui, il comptait plus de 75 membres, dont Mariline Marleau, qui se réunissaient pendant l'heure du dîner, pour parler hockey et faire des échanges. Mes amis m'estimaient bien et mes nombreuses anecdotes sur le monde du hockey les intéressaient. Ils savaient que je possédais une importante collection de cartes depuis que mon oncle Hubert m'avait légué la sienne. Ils me comparaient au gros dictionnaire des vedettes d'Hollywood!

On ne faisait presque plus allusion au bouton sur mon front. D'ailleurs, tous les jours, il diminuait.

Je me levai. Le LTP 2 000, la machine *à remonter dans le temps* piquait véritablement ma curiosité! J'examinai encore l'instrument sous tous ses angles. Une fois de plus, je lus attentivement les consignes pour le faire fonctionner. Malheureusement, il me manquait la pièce maîtresse, «LA CARTE DE HOCKEY MAGIQUE».

Les caractères gras, italiques et soulignés que contenait la lettre de mon oncle continuaient à m'intriguer. Oncle Hubert avait-il intentionnelle-ment mis ces caractères en relief? Je pris un stylo et un bout de papier et j'alignai les lettres en caractères gras les unes à la suite des autres. Voici le résultat que j'obtins :

[L-A-P-B-R-U-E-V-E-R-R-M]

Watatatow! Du hollandais ou du péruvien? Mon défunt oncle avait comme passe-temps les mots croisés, les casse-tête, les mots cachés, les échecs et probablement tout ce qui entraîne les maux de tête...! Mais là, son petit jeu énigmatique me lais-sait pantois... Comment élucider son message?

En déplaçant certaines lettres, comme on le fait au scrabble, j'obtins les mots suivants : EAU, PEAU, BAR-REAU, ÉPAULER, LEURRE, LEURRA ou BRÛLERA. Je n'excellais pas à ce jeu et j'abandonnai rapidement. Des doués en trouveraient sûrement davantage... Je me dis que peut-être Samuel, un «*bollé*» aurait l'œil et l'esprit plus vifs que moi. Je l'appelai :

−Salut Sam! J'sais que t'es excellent au scrabble. Pourrais-tu former un ou des mots avec les lettres que je vais te dicter?

−Ouais...

−... Les voici :

[L-A-P-B-R-U-E-V-E-R-R-M]

−Ouf! ça vaut au bas mot 100 points au scrabble. J'te rappelle.

Je quittai ma montagne de cartes pour aller promener Mégot.

Dans les rues, les gens paraissaient plus enjoués et davantage pressés. Ici et là, dans les arbres de Noël, les lumières semblaient me faire des clins d'œil. Je me rendis au parc où des enfants s'amusaient à patiner. J'entendais leurs rires et leurs cris.

Je rentrai penaud à la maison. La tête enfoncée dans mon oreiller, je pensais au «code» de l'oncle Hubert : mystère et boule de gomme... Une fois de plus, dans la pénombre de la nuit, je fus tourmenté par un cauchemar. J'entendais des hurlements...

5

Maurice Richard
me fait un clin d'œil!

Le lendemain matin, j'étais assis dans le local 234 et Moumoute, M. Yvan Despins de son vrai nom, expliquait la règle d'accord des participes passés conjugués avec l'auxiliaire avoir. Je ne voyais pas le complément direct. Je pensais à Samuel. Où était-il donc?

Moins Quinze observait l'horloge. Elle avait hâte que le cours se termine. Avec son crâne à demi rasé et ses cheveux teints en vert lime parsemés de pics, elle ressemblait à la fois à une *punk* et à une *skater*.

Mais elle avait l'âme d'une punk. Son vrai surnom aurait pu être Spike...

Certains jours, on l'aurait prise pour un arbre de Noël : chaînes aux poignets, au cou, deux boucles d'oreilles en forme de croix gammée, en plus de ses tatouages... Derrière son camouflage se cachait une fille super-sympathique. Moumoute l'avait en effet surnommée «la surdouée fainéante...!» Moins Quinze cessait toute forme d'activité scolaire 15 minutes avant le son de la cloche. Cette fille passait à travers un examen à la vitesse de l'éclair et obtenait d'excellents résultats.

Je glissai maladroitement ma main dans mon sac d'école. Au hasard, je mis la main sur le *Playboy* de mon père. Le prof m'observait dans la vitre de la porte de classe qui lui servait de rétroviseur : un vieux truc démodé! Je laissai tomber la revue érotique et je sortis mon livre de maths. Puis, je saisis mon roman jeunesse

OK Hockey! et d'après le regard redoutable du prof, je compris que ce n'était pas vraiment le temps de lire. Ma main sonda une dernière fois le fond de mon sac, je m'emparai au hasard de la carte de Dominik Hasek et l'observai.

Tout à coup, Samuel entra dans la classe en sueur et présenta son billet de retard en me jetant un de ces coups d'œil terrifiants. Avait-il résolu l'énigme de la lettre de mon oncle Hubert? Il me dit à voix basse : «Y faut que j'te parle à la récré.»

Comme j'avais hâte de savoir s'il avait réussi à trouver un sens à ces lettres mystérieuses! Le cours me semblait interminable. Moins Quinze avait les yeux rivés sur l'horloge. Je sortis une autre carte de mon sac 10 minutes avant que la cloche ne sonne. Mon prof me jeta un regard... inquisiteur. Me poserait-il une question grammaticale?

—Maxime Laforest! Compose une phrase avec un verbe conjugué au présent du mode subjonctif.

Trente-six paires d'yeux me dévisagèrent, moi qui ne connaissais même pas mon indicatif régional! Je n'étais pas une sardine et je ne voulais pas me faire mettre en boîte. Je réfléchis un peu et je lançai à la blague :

—*Dès que je vous vis, vous me plûtes et m'épatâtes!*

Les élèves éclatèrent de rire; mais pas le prof...! Oh! Non!!! Il me colla les verbes *jeter, pelleter, atteler, devoir, nettoyer, envoyer* et *mourir* à conjuguer au conditionnel présent et à l'imparfait du subjonctif aux six personnes! Dans ces moments-là, j'appréciais énormément qu'Anne Aimike me colle aux fesses, car elle était une «bollée» en français et elle écrivait vite.

Quand la cloche de la récré se fit entendre, ça se bouscula à la sortie de la porte de classe. J'abordai Samuel :

– Pis?

– C'est de ta faute, Laforest, si j'suis arrivé en retard! Je me suis couché à 3 h du matin! J'ai pas eu le temps de faire mon devoir de géo. Ton oncle Hubert était-il champion mondial au scrabble?

– Qu'as-tu découvert?

– Vers 2 h, j'allais abandonner. Ma chambre ressemblait au mont Tremblant. T'aurais dû voir les innombrables boules de papier entassées... Après maintes manipulations et plusieurs interrogations, je criai *eurêka!* Tu ne sais pas quel nom j'ai trouvé?

– Quoi?

– J'ai le goût de te faire languir...

—Allez Sam...

—PAVEL BURE!

—Qui?

—Je répète : PAVEL BURE!!!

Je fouillai immédiatement dans mon sac. Je sortis plusieurs cartes protégées par une gaine de plastique. Je les étalai sur mon pupitre. Sam aperçut avant moi la carte du célèbre marqueur russe.

Au verso, il y avait ses statistiques. Je laissai la carte dans son étui.

Samuel ajouta :

—Max, j'oubliais, je n'ai pu déchiffrer les trois dernières lettres : RRM.

Nous fîmes fonctionner nos neurones à toute vapeur; ça sentait le roussi. Ni Sam ni moi ne réussîmes à décoder ces trois lettres. Dans la classe, une seule élève aimait autant le hockey que moi. Elle possédait 10 589 cartes de hockey : c'était Mariline Marleau! Pourrait-elle résoudre l'énigme? Il y avait aussi Onomatopée qui connaissait assez bien les noms des joueurs de hockey et leurs statistiques. Je glissai l'étui de plastique dans ma poche de chemise. Je m'approchai de Mariline, les yeux brillants comme des billes de métal de machines à boules :

– Salut Mariline! À ton avis, quel rapport existerait-il entre les lettres RRM et le hockey?

Mariline plissa les yeux, regarda vers le plafond, se rongea les ongles et me dit naturellement : «M pour Maurice, R pour Rocket et R pour Richard.»

«MAURICE ROCKET RICHARD! La voilà la fameuse «CARTE DE HOCKEY MAGIQUE»! me dis-je. J'espère qu'elle est magnétisée. Mon oncle a sans doute voulu brouiller les pistes avec Pavel Bure! C'était un astucieux, imaginai-je.

Il n'existait aucune fille de l'école qui arrivait à la cheville de Mariline. Sans compter ses attraits physiques! Elle faisait la barbe à plusieurs membres du Club des collectionneurs. Pourtant, elle n'était pas coiffeuse...!

— T'es vraiment géniale, Mariline!

La cloche retentit. On se rendit au cours de maths. Je dis bonjour à mon professeur de mathématiques, surnommée Racine Carrée. Mais, son nom véritable était Berthe Rave. C'était une rouquine. Elle avait le teint de la même couleur qu'une clémentine. Je pris place à mon bureau maculé de graffiti.

Le plastique qui protégeait la carte de Pavel Bure chauffait... Une idée saugrenue me vint à l'esprit. Et s'il y avait plus d'une carte dans l'étui!

–Hé Anne! t'aurais pas une pince à épiler?

–Bien sûr Max! me dit-elle les paupières en vadrouille.

Elle me tendit un coupe-ongle.

–T'es sourde ou quoi? T'as une banane dans les oreilles? lui dis-je, car elle avait souvent la tête dans les nuages.

–Quoi?

Je lui parlai un peu plus fort :

–T'as une banane dans les oreilles?

–S'cuse-moi Maxime, j'ai une banane dans les oreilles... Tiens, dit-elle, la bouche en forme de cœur et les lunettes embuées.

Mlle Berthe Rave m'observait discrètement derrière ses loupes : j'étais sa tête de turc!

Avec la pince à épiler d'Anne, je réussis, après quelques essais, à tirer trois cartes de l'enveloppe de plastique. Entre deux cartes de Pavel Bure qui étaient coincées, je découvris à ma grande surprise la FAMEUSE CARTE DU GRAND MAURICE RICHARD, 1951-1952 RC! Avec acharnement, j'avais investi des heures à la chercher parmi les milliers de cartes que mon parrain Hubert m'avait léguées. Astucieux, mon oncle «Bert»! Était-ce elle, la «CARTE DE HOCKEY MAGIQUE» qui allait faire démarrer la machine à voyager dans le temps? Je ne tenais plus en place et je m'agitais comme une balle de ping-pong!

La carte était dans un état im-pec-ca-ble! «*Mint*» comme disent les collectionneurs dans leur langage. J'avais dans les mains l'originale, pas une copie! J'étais fou de joie! Rien n'aurait pu me faire plus plaisir, sauf PATINER! Je ne retins pas ma joie et je lançai un «HOURRA!» triomphal. Trente-quatre têtes de mort se retournèrent dans ma direction.

—T'en as du front, Maxime Laforest, de m'interrompre! Explique-nous le théorème de Pythagore, dit le professeur.

«Euh!» balbutiai-je. C'était vraiment un cas de sinus! J'en prendrais pour mon rhume et sur quelle tangente me diriger? Je lançai sans réfléchir :

—Maurice Richard au carré, plus la hauteur de son bâton de hockey, moins le carré des dimensions des cartes de Pavel Bure est égal à ma science confuse...

Toute la classe se mit à rire. Racine Carrée me dévisagea comme si j'avais été une équation à deux inconnues... et elle me dit :

—Maxime Laforest, tu as vraiment peu de chance au niveau des probabilités pour réussir ton année en mathématiques. Si je ne me retenais pas, j'extrairais ta racine carrée, sans arrondir les angles! Tu n'es qu'un jeune *monôme...!*

Elle me colla 25 problèmes à solutionner et m'ordonna de faire signer le travail par mes parents et par le directeur de section! J'avalai ma gomme qui s'agglutina dans mon œsophage. Je blêmis de rage. Dans mes yeux pétillaient des + et des - algébriques. Mon *coefficient* moral en prit tout un coup!

Mais la joie qui m'habitait était plus grande que la peine de devoir faire des travaux supplémentaires. Et comme Moins Quinze, je ne cessais de regarder l'horloge.

Je portai une attention toute particulière à la carte de hockey de Maurice Richard, *le plus illustre joueur de hockey de tous les temps!* J'examinai avec soin la carte que mon oncle Hubert avait ingénieusement glissée en sandwich entre deux cartes de Pavel Bure. Elle était identique à celle que je reluquais, depuis un bon moment, dans le comptoir vitré de La place du hobby, pensais-je. J'étais surexcité! J'avais entre mes mains la **CARTE ORIGINALE** de mon idole dans son costume bleu, blanc, rouge avec le numéro 9. Ce n'était pas du chiqué!

Je demandai très, très poliment à Racine Carrée la permission d'aller faire pipi... J'étais plié en deux! À mon grand étonnement, elle me dit oui! Je sortis de la classe et je pénétrai dans une cabine. Je m'assis sur le siège. Je pus alors contempler à loisir *la vraie carte de Maurice Richard.*

Je pensai à la machine que mon oncle m'avait léguée. À ce moment, je compris la signification de ses paroles : «Tu pourras faire fonctionner le LTP 2 000 lorsque tu mettras la main sur la «CARTE DE HOCKEY MAGI-QUE», une carte de hockey recherchée par tous les collectionneurs...»

Tout à coup, j'eus l'impression que Maurice Richard me faisait un clin d'œil! Je fronçai les sourcils et je me frottai vivement les yeux pour chasser l'illusion. Je regardai à nouveau la carte. Maurice Richard me fit encore un clin d'œil! Je devais rêver... J'entendis : «Viens patiner avec moi...»

Je l'avais bien vu, et bien entendu, Maurice Richard. Oui! oui! oui... je transpirais! Comment a-t-il fait? Fiou! J'avais peur! Je suais. Je grelottais...! Je posai la carte de Maurice Richard, sa face contre ma cuisse et ma main droite par-dessus : comme du pâté chinois! La carte se mit à bouger comme le dernier tremblement de terre de 4,9 sur l'échelle de Richter à Baie-Saint-Paul!

Mon sang se figea dans mes veines comme l'eau sur la glace de la patinoire du parc quand le thermomètre descend à -30°C! Je faillis culbuter en bas du *bol* des toilettes... Je n'en croyais pas mes yeux...!

Comme j'avais hâte d'arriver à la maison pour essayer l'appareil de mon oncle Hubert. Maintenant je savais que «LA CARTE DE HOCKEY MAGIQUE» était bien celle de Maurice Richard!

Je pénétrai dans la classe trois minutes avant que la cloche ne sonne. Racine Carrée me jeta un de ces coups d'œil. Je me dirigeai vers mon pupitre; à mon grand étonnement, les deux cartes de Pavel Bure avaient disparu. Sapristi! Je regardai par terre : RIEN! Je regardai encore sur la tablette de mon pupitre. Je rangeai mes livres et mes cahiers en prenant grand soin de vérifier si les cartes ne s'étaient pas glissées entre les pages.

La cloche retentit. Je ne voulais pas rater mon autobus. Je quittai la classe songeur. Mais j'avais en ma possession la carte de Maurice Richard. Je sautai dans l'autobus et je m'assis à côté de Samuel. J'étais heureux!

—As-tu la langue coupée, Maxime?

—Aurais-tu, par hasard, vu mes cartes de Pavel Bure dans la classe? demandai-je à Samuel.

—Je croyais que tu les avais mises dans ton sac d'école.

— Je ne les trouve plus... Bientôt, je te mettrai au courant de l'affaire... Qui aurait bien pu me voler ces cartes rares et précieuses? Je te dis que demain, dans la classe, on fera une sérieuse enquête.

En descendant de l'autobus, je me rendis à La place du hobby. Je montrai la carte de Maurice Richard à M. André Ledoux, le propriétaire. Il l'examina à la loupe, la retourna dans tous les sens et rendit son verdict :

—Y a pas d'équivoque, Maxime, c'est l'originale!

—Merci, monsieur! lui dis-je le visage illuminé.

6

Mon mystérieux voyage dans le temps

Je rentrai à la maison en marchant un peu plus rapidement que d'habitude, mais moins vite que Bruni Surin! Cette journée-là, mes jambes semblaient huilées comme le moteur d'une Ferrari. Ça pressait! Je montai dans ma chambre. Je sortis le LTP 2 000 de la penderie et, nerveusement, je glissai la carte de Maurice Richard dans le lecteur de l'appareil.

J'appuyai sur la touche «En marche» et l'appareil démarra. Hourra! Je cliquai sur l'icône «Archives» et je vis apparaître à l'écran le menu principal. Je cliquai spontanément sur l'icône :

«REMONTER DANS LE TEMPS». L'écran s'illumina aussitôt. Je me rongeais les ongles comme un castor attaque un peuplier.

S'afficha alors la liste des *plus grandes vedettes du club de hockey Canadiens de Montréal*, comme mon oncle l'avait écrit dans sa lettre. Mon cœur palpitait autant que celui de Myriam Bédard, lors de sa course pour le championnat olympique de biathlon.

Voici quelques-uns des noms qui illuminèrent l'écran : Howie Morenz, Aurèle Jolliat, Georges Vézina, Joe Mantha, George Ainsworth, Maurice Richard, Doug Harvey, Dollard Saint-Laurent, Jean-Guy Talbot, Jean-Claude Tremblay, John Ferguson, Lou Fontinato, Jean Béliveau, Bernard «Boum-Boum» Geoffrion, Jacques «Coco» Lemaire, Dickie Moore, Émile «Butch» Bouchard, Kenny Mosdell, Bill Durnan, Jacques Plante, Ken Dryden, Gilles Tremblay, Guy Lafleur, Yvan Cournoyer, Steve Shut, Henri

Richard, «le Pocket», Larry Robinson, Frank et Pete Mahovlich, Guy «Pointu» Lapointe, Serge «Le Sénateur» Savard, Chris Chelios, Éric Desjardins, Petr Svoboda...

Maintenant, j'avais l'option de choisir les années où le joueur avait signé un contrat pour le Canadien. J'étais une vraie sauterelle! Ouf! J'avais même la frousse. Nerveusement, je pointai le curseur sur l'icône «Maurice Richard, 1951». Je cliquai, le souffle coupé, les mains tremblantes comme les os d'un squelette.

À la vitesse de la lumière, l'image de Maurice Richard apparut à l'écran du LTP 2 000! Sacrebleu, j'ai la berlue! J'assistais à un entraînement des Canadiens de Montréal. Les lames de patins de Maurice Richard brillaient comme les pare-chocs d'une Plymouth de l'époque. Elles s'enfonçaient dans la glace artificielle comme les crocs d'un berger allemand dans un os. Le numéro 9 déjouait les adversaires avec une facilité déconcertante. Quel magicien! Et son coup de patin... Combien étaient précis ses lancers du poignet!

Je plaçai mes lèvres à quelques centimètres du microphone du LTP 2 000. J'étais aussi fébrile qu'un cure-dent dans la bouche du géant Ferré!

—*Bonjour, monsieur Richard,* balbutiai-je.

Il arrêta net de patiner!

—*Bonjour! Appelle-moi Maurice. Quel est ton nom?*

—*Je m'appelle Maxime Laforest...*

—*Tu joues au hockey, Maxime?*

—*Non! J'peux pas. J'ai subi un grave accident à l'âge de trois ans. Je commence seulement à marcher normalement.*

– *Oh! c'est dommage...*, le hockey n'est-il pas le plus merveilleux des sports, pour un jeune Québécois? me demanda-t-il.

– *C'est certain! Mais pour l'instant, je me sens impuissant devant cette situation désolante, même si mon plus grand rêve est de jouer au hockey avec mes amis. Présentement, je me contente de collectionner des cartes de hockey et de regarder passivement les matchs à la télé...*

– *Savais-tu, Maxime, que j'ai déjà disputé une partie avec de sévères blessures? J'avais caché «la chose» à mon entraîneur Dick Irvin. Quand on est passionné du hockey, rien ne peut nous arrêter... Puis-je te faire une suggestion... Maxime?*

– *Laquelle? lançai-je avec curiosité.*

– *Regarde ma façon de patiner. Vois comment je manie la rondelle avec mon hockey. Observe bien comment je vais déjouer notre fameux défenseur Doug Harvey. Imite-moi! Fais mentalement les mêmes mouvements que moi. Si tu es persévérant, ton rêve se réalisera un jour... peut-être.*

Le Rocket m'enseigna alors comment jouer au hockey! Qui aurait été un meilleur professeur que lui? J'avais des cours privés de hockey et c'était bien la première fois que je souhaitais rester en récupération. J'avais remarqué avec quelle intensité ses yeux avaient fixé les miens. *On aurait dit de puissants phares illuminant les ombres de ma nuit...*

— Ta détermination aura de grandes répercussions sur tes succès sur la glace. Quand je fonce au filet adverse, mes cuisses, mes jambes et mes genoux poussent ensemble. Exerce-toi à faire des redressements assis. Si tes parents possèdent un vélo d'appartement, mets-toi à l'ouvrage. Commence lentement et augmente graduellement tes efforts. Fais ces exercices en ayant une image mentale positive! Imagine-toi

monter au filet adverse et déjouer le gardien de but.

—Je me mettrai à l'ouvrage dès aujourd'hui, lui dis-je.

—Je me sers de la puissance de mes yeux pour hypnotiser le gardien adverse et j'enfile la rondelle dans les trous qu'il oublie de surveiller. C'est de cette façon que je multiplie mes tours du chapeau! Avec l'encouragement des partisans, évidemment!

J'étais veinard de dialoguer avec «monsieur Hockey» des Canadiens de Montréal. Je comprenais son secret!

—Je vous promets de mettre en pratique vos précieux conseils. Le soir, j'imaginerai que je patine avec vous... C'est une fameuse de bonne idée.

—Max, notre entraîneur convoque maintenant tous les joueurs dans la chambre des joueurs. Fais tes devoirs... et à bientôt.

—Bonjour, Maurice!... lui dis-je timidement.

J'éteignis à regret le LTP 2 000 et j'éjectai la «CARTE DE HOCKEY MAGIQUE» magnétisée de Maurice Richard. L'appareil de mon oncle Hubert fonctionnait à merveille!

Je me rendais compte de l'emprise que Maurice Richard avait sur moi. Peut-être possédait-il assez d'influence pour redonner la vitalité à mes jambes? Je n'allais pas rater cette chance unique! Évidemment, ce n'était pas le frère André de l'oratoire Saint-Joseph!

Soudainement, j'entendis la sonnerie du téléphone qui me sortit de mes rêveries.

—Max? Ça fait 6 fois que je t'appelle. Es-tu tombé en transe comme les gourous?

—Parle entre tes dents... Samuel! Même entre tes «broches»...

—Veux-tu bien me dire où tu étais passé...???

Si Samuel savait que je pouvais remonter le temps !

—Chut! fis-je.

Je marchais de long en large avec le téléphone sans fil.

—Un jour je te ferai une confidence, Samuel, dis-je à voix basse. Il y a des choses qu'on ne dit qu'à son meilleur ami. Pour l'instant, je ne peux parler à personne du LT...

—LT... quoi? rétorqua-t-il.

—Non! Laisse faire... c'est de la frime! Chut!... mon secret.

—Es-tu devenu complètement dingue, Laforest?

—Écoute-moi bien, Samuel! J'ai parlé à Maurice Richard au Forum...!

—En personne ou sur une de tes cartes de hockey?

—Les deux!

J'expliquai à Samuel qu'avec la pince à épiler d'Anne, j'avais réussi à dégager la fameuse carte de Maurice Richard, 1951-1952 RC prise entre les deux cartes de Pavel Bure, de la série Upper Deck. Comme une boulette de steak haché dans un «BIG MAC».

—Tu te payes ma tête?

—Non, non! Ingénieux le truc, hein, Sam?

—Max! connais-tu la véritable valeur de cette carte?

—Oui! Entre 1200 $ et 1600 $! M. André Ledoux, le propriétaire de La place du hobby, me l'a confirmée!

J'expliquai à Sam que cette carte avait le pouvoir magique de voyager dans le temps!

—Tu te souviens de l'accident tragique qui m'a terrassé à l'âge de trois ans? C'est seulement depuis peu que j'ai quitté mon fauteuil roulant et mes orthèses. Certains muscles et certains os de mes jambes sont encore très fragiles. Penses-tu que je n'aimerais pas mieux aller jouer au hockey avec toi au parc? Depuis ce jour malheureux, je ne peux ni patiner, ni jouer au hockey. Je me contente de collectionner les cartes de hockey et de regarder les matchs à la télé.

—Ouais..., dit-il évasivement.

—Sam, ne hausse pas la voix : tes parents pourraient t'entendre! Revenons à l'école. Quand je me suis exclamé, il y avait une bonne raison.

—Oui, laquelle?

—Aux toilettes, je pus admirer la vraie carte de Maurice Richard que j'avais trouvée dans la gaine en plastique pendant que le prof parlait.

C'est alors que mon idole me fit un clin d'œil. Je sais que tu ne me croiras pas, mais au moins écoute-moi. Maurice Richard m'a fait un clin d'œil et m'a dit : *«Viens patiner avec moi...»*

– Continue «Alain Choquette», ton histoire m'intéresse. Tu as une imagination très fertile, lança Samuel sur un ton ironique.

– Grâce au LTP 2 000 de mon oncle Hubert, j'ai réussi à voyager dans le temps et j'ai parlé à Maurice Richard.

– ... tu penses que je vais avaler ça? C'est quoi un LTP 2 000? Max? Ai-je une poignée dans le dos?

Je lui demandai de parler encore moins fort. Si je partageais mon secret avec lui, c'est que je lui accordais toute ma confiance. Le hockey, c'est le sport le plus fantastique au monde. Je lui en parlais et j'avais la gorge nouée sous le coup de l'émotion!

Je comprenais difficilement ce qui m'arrivait. J'en convenais.

—Te rends-tu compte que j'ai vu et entendu Maurice Richard au Forum de Montréal?

—À ta place, j'irais consulter un psy!

—Je dois te quitter. On se voit à l'école demain, dis-je.

Je ne pensais qu'aux deux cartes de Pavel Bure mystérieusement disparues. J'avais décelé une imperfection sur une des deux cartes. Ce sont ces détails qui font grimper rapidement le prix d'une carte pour un collectionneur averti. De toute façon, mon oncle ne les aurait pas glissées inutilement dans l'étui de plastique.

Je pensai soudainement à mon travail supplémentaire en mathématiques. Je sautai sur le téléphone :

–Sam, j'aurais un petit service géométrique à te demander, dis-je.

–O.K. Pythagore...

–T'es mon meilleur chum. Merci!

Secrètement, quand mes parents sortaient le samedi soir, je pédalais sur le vélo d'appartement. Je faisais les exercices mentaux que Maurice Richard m'avait proposés, quand je m'allongeais sur mon lit. J'avais une extrême confiance en mon idole.

Mais une fois de plus, au cœur de la nuit neigeuse, je me réveillai, le cœur battant comme un tambour. Le même songe était revenu me hanter...

7

Je perds vraiment la carte

Le lendemain matin, avant que la sonnerie du réveil fasse dring, j'avais les yeux bien ouverts. Comme un criquet, je bondis hors du lit. Je glissai dans mon jeans et j'enfilai un coton ouaté. Je chaussai mes nouveaux souliers de course Tommy. Je mis ma casquette des Canadiens, la «palette» en arrière. Je sautai sur le vélo et je fis mes exercices du matin. Je conjuguais mes efforts à mon attitude mentale. Fernande et Paul-André ne virent qu'une ombre dévaler les marches de l'escalier. J'avalai en vitesse toasts et céréales et je sortis.

Dehors, l'hiver rugissait comme une bête. Une idée fixe me trottait dans la tête : récupérer les cartes de Pavel Bure.

Pendant que Klaxon stationnait l'autobus dans la cour d'école, Samuel et moi, nous nous précipitâmes vers la porte pour descendre les premiers. Comme des chercheurs d'or, nous nous ruâmes vers mon pupitre. Les deux cartes de Pavel Bure avaient bel et bien disparu! Il n'y avait rien sous la tablette, ni par terre!

Samuel me dit :

−Tiens, Pythagore, voici ton travail supplémentaire. Le plus difficile ne fut pas de solutionner les problèmes, mais plutôt d'imiter ton écriture! Ça vaut au bas mot la carte de Guy Lafleur, numéro 216, 1977-1978 de la collection Topps!

−D'ac!

Qui aurait pu s'emparer de mes cartes? Sûrement pas le professeur, à moins qu'elle veuille me faire chanter : travaux remis = cartes de hockey! C'est Onomatopée! Voilà! Je suis tombé dans le mille, croyais-je. Onomatopée, ce lourdaud, collectionnait les cartes de hockey et évidemment il ne possédait pas celles que mon oncle Hubert m'avait léguées. J'invitai Samuel à procéder à une enquête privée.

En ce matin ensoleillé de décembre, plusieurs jouaient au Haki. D'autres s'échangeaient des cartes de hockey. Certains élèves se lançaient des balles de neige, se tiraillaient, couraient, sautaient et parlaient fort, très-très-très fort! Plusieurs centaines d'adolescents et adolescentes chantaient, s'embrassaient, glissaient, tombaient et se taquinaient. D'autres discutaient et fumaient en petites bandes, dans les recoins de la cour.

La prof de sciences physiques surveillait les élèves dans la cour de récréation. Et Dix l'avait surnommée Conifère, car elle ressemblait à une grande épinette...

En classe, le comportement de Et Dix impressionnait. À chaque fois que la grande aiguille marquait 9 h 10, 10 h 10 ou 11 h 10, il demandait au prof la permission d'aller aux toilettes. L'envie chronique! Il *bizounnait*, se peignait, buvait, jasait avec les filles. Il faisait du temps, comme lui avait dit le directeur un jour. Il refaisait le même manège à 13 h 10, 14 h 10 et 15 h 10. Les permissions ne lui étaient jamais refusées. Quant à moi, il fallait que je fasse des courbettes et que je sois crampé en deux, les boyaux gonflés et l'œil jaunâtre pour que les profs m'autorisent à aller aux toilettes.

Un jour, j'appris que Et Dix avait falsifié la signature de ses parents. Il avait rédigé une lettre dans laquelle son père et sa mère demandaient aux enseignants de lui permettre de quitter la classe plus tôt : *sa vessie trop petite le faisait souffrir.*

Comment faire pour trouver Onomatopée dans cette foule même s'il était un poids lourd? Soudain, Samuel aperçut le bout de sa casquette noire et jaune des Bruins de Boston.

— Eh! Onomatopée, ça gaze? dis-je.

— Euh! as-tu la carte de Wayne Gretzky 1985? me demanda-t-il, la bouche gonflée de gomme à mâcher.

— Justement, parlons un peu de cartes de hockey, Onomatopée! Hier, j'ai égaré deux cartes de Pavel Bure dans le local de maths. Saurais-tu où elles sont passées?

— Euh! Oh! Hein? Ah! Psittttt! Tsssss! N-o-o-o-o-n!

— Je te sens lé-gè-re-ment hésitant...

—Ouais, mais c'est pas moi, sûr, sûr, sûr!

Pouf! Il fit éclater sa gomme à mâcher qui enveloppa une partie de son visage. Se dégonflerait-il...? Il en avait jusque dans les oreilles.

Où pouvaient se cacher ces fameuses cartes? L'idée me vint de faire passer un message à l'intercom de l'école. Je dirais à tous les élèves que je désirais obtenir mes cartes en retour de 100 cartes de hockey. Non! On se douterait qu'il y avait anguille sous roche. Je devais continuer à chercher.

—Sam, ça vient l'idée géniale? Un *bollé* comme toi devrait concevoir la recette.

—Laisse-moi y penser...

—Allez...

—Brrr! ne bouscule pas mon génie! Voici : j'ai une idée! Tu dis que les cartes appartenaient à ton oncle Hubert et qu'il avait été dans la Défense nationale. Nous pourrions inventer un court texte dans lequel on ferait intervenir la police. Que penses-tu de ceci?

AVIS IMPORTANT À TOUS LES ÉLÈVES

J'AI LÉGUÉ À MON NEVEU, MAXIME LAFOREST, MA COLLECTION DE CARTES DE HOCKEY. SI JAMAIS QUELQU'UN LUI EN VOLAIT UNE SEULE, COMME J'AI ÉTÉ LIEUTENANT À LA DÉFENSE NATIONALE ET QUE J'AI DE FIDÈLES AMIS À LA GRC, CEUX-CI ENQUÊTERAIENT IMMÉDIATEMENT POUR TENTER DE TROUVER L'AUTEUR DE CE GESTE INFÂME!

HUBERT «BERT» LAFOREST
EX-LIEUTENANT À LA DÉFENSE NATIONALE

—Watatatow! Bravo, Samuel! L'affaire est dans le sac. C'est absolument génial! Ça va faire trembler. On écrit le texte avec ton ordinateur et on en tire des centaines de copies que l'on glisse dans les cases des élèves. Le voleur aura sans doute la trouille et me rendra mes cartes.

Dans la classe, je pensais constamment à l'effet du message. Cependant, je sentais que quelqu'un m'observait. On me regardait. On m'épiait. Deux yeux me chatouillaient la nuque... Un regard intense me brûlait la peau. «Outch! Aie!» Ce regard aussi *hypnotisant* ne pouvait être que celui de Mariline Marleau avec ses yeux bleus enflammés.

Je jetai un coup d'œil «*clandestinement*» à gauche, puis à droite, en arrière et en avant, mais tous les élèves avaient le nez collé à leur cahier. Rêvais-je? Mariline Marleau passa devant moi, faisant valser ses hanches dans son jeans bleu Levi's moulant et dans un chandail *bodybedaine*. Ouf! C'est du *glaçage à gâteau* que cette Mariline Marleau...! Elle déposa à la dérobée sur mon pupitre un petit bout de papier plié

selon une forme géométrique particulière. Je faillis défaillir.

Ce papier plié selon l'art japonais
appelé origami sentait le *Tommy Girl*.
Cachait-il un message secret? Je le
pris dans ma main, maladroitement,
et comme elle revenait du taille-
crayon, Mariline Marleau me jeta un
coup d'œil presque aussi puissant que
celui de KING KONG!

Hou! La fin du monde doit
approcher... Je dépliai nerveusement
le bout de papier. Il était écrit au
stylo rouge :

MESSAGE SPÉCIAL À MAXIME LAFOREST

Max, je connais la personne qui
possède les deux cartes de Pavel Bure.
Viens me rencontrer au parc à 20 h.

Mariline

Évidemment, Samuel et moi, nous dûmes remettre à plus tard la distribution du message du capitaine Laforest.

«Ah Mariline! Je vois se dessiner les formes de ta silhouette, dans la buée de mon cœur. Et tes yeux sont les miroirs de mes nuits blanches... Oh! Toi ma sirène! Tu possèdes la clé de mes libertés»

En cachette, je descendis au sous-sol sur la pointe des pieds comme une ballerine. Devant le téléviseur, Paul-André ronflait comme le tuyau d'échappement de la Honda de Fernande. Quant à Fernande, elle avait de la ouate dans les oreilles... J'enfourchai le vélo et je pédalai comme le Belge, Frizé Moule, qui avait remporté le Tour de France, l'été dernier. Je sentais dans mes jambes un regain d'énergie. Je me récompensai en savourant une délicieuse tablette de chocolat...

J'avais hâte qu'arrive l'heure du rendez-vous fixé par Mariline!

8

Oh! Mariline,
tu es ma vitamine...

À 19 h 30, tel qu'il était convenu, je sortis de la maison pour le rendez-vous de 20 h. Je me dirigeai vers le parc. Là, des amoureux et des enfants patinaient, main dans la main, sur la surface glacée. Je reconnus quelques gars et filles de mon école. Comme j'aurais aimé patiner! Mon cœur chavirait.

Je pensai à Mariline, cette chère Mariline Marleau, la Mariline de mes rêves romantiques qui m'avait remis un message mystérieux, dans un étui géométrique asiatique. J'avais très hâte de la voir et mon cœur grondait comme le moteur de la formule Un de Villeneuve! Se doutait-elle que je rêvais à elle, toutes les nuits?

19 h 55 : L'heure du rendez-vous allait sonner et Mariline ne se pointait pas. Sapristi! M'avait-elle laissé tomber pour Bob Lachance... ce grand *fanal*? Une aussi belle fille ne peut pas être aimantée par Maxime Laforest, me dis-je. Sur le coup de 20 h, je la vis venir, les cheveux au vent. Elle traversait la rue en balançant les hanches, son chandail bleu, blanc et rouge moulant un buste de rêve. Je rougis comme une tomate et je frémis comme une feuille sous le vent d'automne.

–Salut Max! Ça va? me dit-elle les lèvres glacées de rouge invitant.

Elle m'adressa un de ces sourires irrésistibles. Je faillis tomber en bas de ma suce et avaler ma chaise haute... ou l'inverse!

–Bonsoir Mariline! Comme je suis content de te voir!

—J'ai une seule parole!

—As-tu les cartes de Pavel Bure?

—Tiens, les voici! Je les ai prises sur ton pupitre quand tu étais aux toilettes. Je ne voulais pas que quelqu'un te les vole. Comme nous n'empruntons pas le même bus, je t'ai donné ce rendez-vous.

—Fiou! Quel joueur que ce Pavel Bure!

—Max, tu connais ma passion pour les collections de cartes de hockey. Je ne possède pas autant de cartes que toi, mais un jour je te rattraperai, dit-elle.

—Cause toujours... Mariline. Moi, je possède la carte originale de Maurice Richard, 1951-1952!

—Pas possible! s'exclama-t-elle.

Comme la langue me démangeait! J'aurais voulu lui parler du LTP 2 000 de mon oncle Hubert. Mais je me tus, car mon parrain m'avait recommandé de garder le secret. Je lui expliquai toutefois comment j'avais fait pour trouver la carte du Rocket Richard.

– Je te la montrerai un bon jour, lui dis-je.

–Moumoute en perdrait sa perruque et probablement son râtelier, sans parler de ses participes passés. Je dois te quitter, Max. On se rappelle.

–Quel est ton numéro de téléphone? lui demandai-je.

–C'est le 999-9999!

Hum! Serait-elle parente avec le Rocket?

Et alors, Mariline Marleau posa ses lèvres tropicales sur ma joue. Je me sentis déraper. Elle me fit un clin d'œil langoureux et disparut dans la blancheur de l'hiver...

Je rentrai très lentement à la maison, emportant les traits divins de son visage : je voyais l'éclat lumineux de ses cheveux d'ange et de ses yeux de braise. Ses lèvres : un poêle à combustion lente... Je sentais naître en moi ce sentiment à la fois si doux et si fort : l'amour! Oui! L'Amour avec un grand A.

C'était nouveau. Je connaissais bien l'humour, mais L'AMOUR! L'AMOUR! L'AMOUR! Je me sentais plus léger qu'une plume et j'amenais dans mes pensées et jusqu'au creux de mon lit la plus belle fille de l'école...

1 h 36 : Je sortis ma tête des couvertures... «L'amour c'est comme la caféine : ça empêche de dormir...», aurait dit monsieur Maxwell House!

1 h 50 : Je lus les vers du poète québécois Émile Nelligan, qu'Anne Aimike avait déjà glissés dans mon sac d'école avec un *je t'aime* écrit en rouge au bas de la page.

SOIR D'HIVER
D'Émile Nelligan (1879-1941)

Ah! que la neige a neigé
Ma vitre est un jardin de givre
Ah! comme la neige a neigé
Qu'est-ce que le spasme de vivre...
À la douleur que j'ai, que j'ai!

Tous les étangs gisent gelés,
Mon âme est noire : Où vis-je? où vais-je?
Tous mes espoirs gisent gelés :
Je suis la nouvelle Norvège
D'où les blonds ciels s'en sont allés.

Pleurez oiseaux de février
Au sinistre frisson des choses
Pleurez, oiseaux de février
Pleurez mes pleurs, pleurez mes roses
Aux branches du genévrier.

Ah! comme la neige a neigé
Ma vitre est un jardin de givre.
Ah! comme la neige a neigé
Qu'est-ce que le spasme de vivre
À tout l'ennui que j'ai, que j'ai!...

Max, je t'aime

Anne

Je pris au hasard une feuille de cartable et un stylo. J'écrivis mon premier poème en vers.

NUIT D'HIVER
par Maxime Laforest

○ Ah! Mariline ma belle ballerine
J'aimerais embrasser tes babines
Ah! comme mon cœur est enneigé
De tous les fantasmes de mes pensées
L'étang est recouvert par la gelée
C'est avec toi que je voudrais patiner
À toute l'envie que j'ai, que j'ai...

○ J'aimerais t'offrir un bouquet de roses
Oh! toi ma fleur de velours éclose
Zut! Je viens de casser ma mine
Est-ce cela faire des rimes ...?

Ah! Mariline ma caféine, ma vitamine
Je te vois dans la margarine
Étendue dans mes nuits blanches
Tu es ma transe et mon avalanche...

○ Oh! la perle de mon adolescence
Je volerai ton cœur à Bob Lachance
Je sens monter en moi une grande transe
Mon front se givre! j'ai plus d'encre...

9

Les patins de Maurice Richard sentent l'espoir!

Au saut du lit, je regardai par la fenêtre. Une tempête de neige grosse comme un monstre himalayen s'abattait sur le Québec. À la radio, on donnait la liste des écoles fermées. Bravo! un SUPER-FANTASTIQUE-CONGÉ-DE-DICTÉES-DE-PAR-TICIPES-PASSÉS et un autre congé de mathématiques de Racine Carrée! Une splendide journée pour m'amuser avec ma nouvelle collection de cartes de hockey et le LTP 2 000 de mon oncle Hubert, une journée pour penser à Mariline, une journée pour rêver... M'appellerait-elle? Lui téléphonerais-je?

Quand Fernande et Paul-André quittèrent la maison pour aller au boulot, j'en profitai pour renforcer les muscles de mes genoux, de mes cuisses et de mes jambes sur le vélo. Je pédalai comme un dingue pendant une heure. Mes muscles s'endurcissaient et je voyais au bout du tunnel une lueur d'espoir.

Lorsque la sonnerie du téléphone retentit, je bondis par-dessus le *divan*. Ensuite, j'enjambai l'immense pot de fleurs séchées et j'esquivai la lampe torchère de ma grand-mère Zélia Raigné qui, à 82 ans, était aussi vite sur ses patins que Koivu. En me précipitant sur le récepteur comme un loup affamé, je croulai contre le mur; mes lacets n'étaient pas noués. L'immense cadre laminé des Beatles de «Yellow Submarine» de Paul-André me tomba sur la tête.

—Salut Max, c'est Samuel. Quel formidable congé! Viens-tu au parc avec moi?

–AIE! «She loves me, yé! yé! yé!

–Ça va Max?

–Ouf! skier au parc?

–Es-tu tombé sur la tête?

–Non! J'suis tombé en amour avec Mariline «Bardot»!

–Max, t'es sûrement pas dans ton assiette...

–Non, fais-en pas un plat...! J'te laisse.

Je m'allongeai sur le lit avec un sac rempli de cubes de glace sur la tête, espérant que Maurice Rocket* Richard me fasse un autre clin d'œil, si petit soit-il. Mais il restait invisible et avare!

---

* N.D.A. : Le surnom Rocket fut attribué à Maurice Richard, le «grand» numéro 9 du Canadien de Montréal, pour sa rapidité sur patins et surtout pour sa vitesse d'exécution pour marquer des buts. Maurice Richard fut comparé à une roquette. En anglais, le mot rocket désigne une fusée qui se déplace très rapidement.

Je saisis la carte de mon idole et je la glissai dans le lecteur du LTP 2 000. Je cliquai sur la touche «En marche», puis sur l'icône «Archives». Mon héros apparut à l'écran. J'entendis sa voix chuchoter : *«Viens patiner avec nous, au parc...»* Était-ce le fruit de mon imagination? Je pointai le curseur sur «Événements spéciaux».

La patinoire du parc apparut à l'écran. Maurice Richard et un autre joueur que je ne connaissais pas s'échangeaient la rondelle. Hourra! dehors, la neige poudrait et le vent rugissait comme les dinosaures dans le film *Parc Jurassique* de Steven Spielberg. Comme j'aurais aimé être au parc avec mon idole! Mais mon oncle n'avait pas construit sa machine pour que les «personnages» sortent ou pénètrent dans l'écran comme dans les films de sorcières et de fées qui s'envolent...

–Regarde ces patins, Max. Ce sont mes derniers patins, ceux que

j'ai accrochés le 15 septembre 1960, quand je me suis retiré du hockey avec beaucoup de nostalgie.

Comme j'aurais aimé y toucher et sentir l'odeur du cuir et de l'espoir!

–*Aujourd'hui, j'aimerais que tu regardes ces patins-ci et que tu imagines les porter. Tu me suis?*

–*Oui!*

–*Que ressens-tu?*

–*J'ai l'impression d'avoir 3 ans et que mes chevilles ne tiennent pas le coup! Ils en ont reçu des coups de bâtons et des rondelles, vos patins, Maurice...*

–*Ça prend de l'endurance pour jouer au hockey et aller au bout de ses rêves. Répète inlassablement cet exercice. Connais-tu le joueur qui m'accompagne?*

–*Non, je ne l'ai jamais vu.*

–*C'est un jeune joueur qui fait ses débuts dans la Ligue nationale.*

Et Maurice ajouta :

–*Comme j'aimerais que tu joues avec lui! Ça lui ferait tellement plaisir.*

C'était réciproque. Comme j'aurais aimé patiner avec eux! Mais, c'était impossible : je ne pouvais pas passer à travers l'écran du LTP 2 000 de mon oncle. J'avais des fourmis dans les jambes à regarder ces deux professionnels jouer au hockey! J'allais craquer comme un biscuit «soda». Je me collai le nez à deux centimètres de l'écran!

–*Tu aimerais bien jouer avec nous? Concentre-toi bien, dit Maurice Richard.*

–*Et comment!*

J'avais les paupières soudées ensemble. Encouragé par les paroles et les conseils encourageants de Maurice Richard, je sentais monter en moi la confiance et l'espoir. Je me voyais voler sur la glace et faire des feintes. Je lui passais la rondelle, je déjouais, je tricotais et je marquais des buts! La douleur dans mes jambes se dissipait progressivement!

Après quelques heures à jouer au hockey, Maurice et son ami durent repartir. Ils prenaient le train pour aller jouer à Chicago. Je fermai l'appareil. Je m'allongeai sur mon lit pour méditer.

Ce soir-là, après m'être amusé avec ma nouvelle collection de cartes de hockey, je fis des redressements assis. C'était prescrit par mon médecin...

Je me réveillai en sursaut, vers les 3 h du matin. Ce songe qui m'habitait, sortait une fois de plus des ténèbres de la nuit.

10

Ma tragédie sur
le pont Jacques-Cartier

Paul-André et Fernande ne se doutaient pas des mystérieux événements que je vivais. Mes aventures restaient des secrets bien gardés. Leur révéler? Ils me diraient : «Max, tu regardes trop de films, de matchs de hockey et tu vas finir par craquer comme les croustilles que tu ne cesses de dévorer.»

L'hiver s'étirait comme la toile du Stade olympique et n'en finissait plus. La soirée du hockey du samedi soir m'occupait moins qu'avant. Mes sandwichs épaississaient. J'aurais tout donné pour pouvoir patiner avec

Mariline, Samuel et Anne Aimike. Mes jambes me trahissaient encore et Mariline se terrait avec Bob Lachance, cet «enfoiré». Maurice Richard m'avait bien dit que je devais franchir plusieurs étapes avant de chausser des patins.

Ce soir, je broyais du noir, seul dans ma chambre, la tête enfouie sous mon oreiller. Je pensais à elle. Depuis quelque temps, Lachance avait conquis son cœur comme Roméo celui de Juliette. Il l'amenait au cinéma et ils patinaient ensemble à la patinoire du parc. Il la suivait comme une *teigne*. Mégot posa son museau sur ma cuisse et me regarda. Il me comprenait, car il flirtait Nicotine, la chienne d'Anne.

11 h 50 : Fernande et Paul-André devaient manger une grande pizza toute garnie chez Mike's pendant que mon ennui me dévorait.

0 h 9 : Une voix profonde et caverneuse, douce et fumante comme un

chocolat chaud, m'interpella sans avertissement : «Maxime...» D'où cette voix pouvait-elle bien venir? Je me levai. Je nettoyai mes oreilles avec des cotons-tiges.

Je saisis la «CARTE DE HOCKEY MAGIQUE» et je la glissai dans le lecteur. Je cliquai sur «Événements spéciaux» et à l'écran apparut ma vedette préférée. Maurice me dit :

– Maxime, tu sais que tes vrais parents sont morts dans un accident sur le pont Jacques-Cartier, quand tu avais trois ans. Une partie de ta vie s'est arrêtée là. Retourne sur les lieux de l'accident...

Y avait-il un sens caché aux paroles de Maurice Richard lorsqu'il m'avait demandé de jouer avec son équipier? «Ça lui ferait tellement plaisir», avait-il ajouté. Une lumière s'alluma dans mon esprit... Soudain, je compris la signification de son message.

Je descendis au sous-sol, songeur. Je sautai sur la selle du vélo et je pédalai. Après une heure et demie, les courroies de la bicyclette commençaient à chauffer... Je montai à ma chambre en sueur.

Une deuxième lumière scintilla : celle du vestibule. Fernande et Paul-André entraient...

J'avais été adopté par Fernande et Paul-André à l'âge de 3 ans. Mais je ne me doutais pas que mon père avait été un joueur de hockey professionnel! Assis sur mon lit, je me dis : demain, j'irai sur le pont Jacques-Cartier!

Je fis encore, cette nuit-là, cet horrible cauchemar où j'entendais des cris et des hurlements. Ça commençait sérieusement à m'inquiéter.

Le lendemain matin, la neige collait à l'écorce comme de la pâte à modeler et le vent fouettait les arbres. Je sautai dans l'autobus, maculé de graffiti, en direction de Montréal, avec sous le bras le LTP 2 000 de mon oncle Hubert. Je montai dans le métro à la station Henri-Bourassa. Je descendis à la station Berri-UQAM. Je filai à bord d'un autobus de la STCUM sur le boulevard René-Lévesque. Je méditais comme mon gourou, Maurice Richard, me l'avait demandé. Je voulais en savoir davantage sur cet accident où mon père et ma mère avaient trouvé la mort. Je descendis à la station Papineau.

Tout à coup, le pont Jacques-Cartier m'apparut immense et élancé, surplombant le fleuve Saint-Laurent, grandiose et majestueux. Je m'engageai sur le tablier du pont. Puis, je marchai sur le trottoir. De gros nuages grisâtres laissaient tomber des milliers de flocons de neige.

Des automobiles roulaient sur le pavé enneigé. Je serrai les poings et respirai à pleins poumons en fonçant aveuglément. Je dominais le fleuve

Saint-Laurent que je contemplais tout en marchant.

Je m'arrêtai net sur le trottoir, au milieu du pont. J'eus l'impression que mes pieds se figaient dans le ciment. J'essayai d'imaginer l'accident qui avait causé la mort de mes parents. Je mis en marche le LTP 2 000 en insérant la carte magnétisée de Maurice Richard. Je cliquai nerveusement sur «Archives», puis sur l'icône «Événements spéciaux».

Aussitôt, le coéquipier de Maurice Richard apparut à l'écran du LTP 2 000. Il me dit :

–*Allô, Maxime. Tu es maintenant prêt à connaître les événements qui se sont déroulés lors de l'accident qui t'a enlevé ton père et ta mère, alors que tu avais trois ans. Je suis ton père! C'est moi que tu as vu jouer au hockey à la patinoire du parc. Tu es le seul survivant de l'accident qui nous a tués, ta mère et moi. Aujourd'hui, tu auras l'impression d'être l'acteur d'un film...*

Profite de cet instant pour lire dans le temps passé et retrouver l'énergie que tes jambes possédaient avant cet accident.

Alors, des images saisissantes et horribles défilèrent à l'écran du LTP 2 000. Mon père dit :

—Ta mère a poussé un grand cri. Le choc de l'impact fut suivi de l'éclatement du pare-brise. Tu fus projeté sur l'asphalte en avant du véhicule. Tu ne pouvais pas marcher. Tu criais. Tu hurlais. Ta mère mourut. Le volant enfonça ma poitrine. Ça faisait horriblement mal. J'entendis le hurlement des sirènes. Je rendis l'âme à l'hôpital Notre-Dame.

Je regardais l'asphalte noir où, plusieurs années plus tôt avait eu lieu la tragédie. Les voitures comme des bolides insensibles continuaient leur course... Maintenant, je comprenais le sens de mes cauchemars à répétition. Et tous ces hurlements qui me hantaient... Je me sentis libéré subitement de ces terribles tourments qui m'angoissaient. Je ne savais pas trop comment expliquer ça. C'était comme si pendant plusieurs années, ces songes insolites m'avaient paralysé et empêché de fonctionner normalement.

Maintenant, je vivais. Je sentais un immense bien-être dans mes jambes et dans tout mon corps. Mon père ajouta :

— *Les muscles de tes jambes retrouveront progressivement et rapidement leur vigueur. Tu pourras bientôt patiner avec tes amis, Max! Ne sois pas surpris de ces transformations.*

J'étais comblé! J'allais pouvoir réaliser le rêve de ma vie : jouer au hockey! J'avais le cœur en fête et je pris le chemin du retour. J'imaginais la tête que feraient Fernande et Paul-André. Samuel n'en croirait certainement pas ses yeux. Par-dessus tout, j'espérais que Mariline veuille bien patiner avec moi.

Dès que j'eus mis le pied dans la maison, la sonnerie du téléphone se fit entendre.

—Maxime? c'est Mariline.

INCROYABLE! Mariline Marleau me téléphonait! Sa voix d'ange m'allait droit au cœur. Je fondais comme un glaçon au soleil et mon cœur jouait du bongo! La princesse de l'école s'intéressait à Maxime Laforest. Il restait bien quelques cicatrices de mes boutons, mais je n'avais plus la bouille comme une pizza toute garnie, heureusement.

—Mariline? bégayai-je. Quelle surprise!

—Justement, j'organise un «surprise party», le samedi 18 pour fêter Anne Aimike. Tu connais Anne? Le party se fera chez Martine. Au fait, j'ai cassé avec Bob Lachance...

—Ah! tu as cassé?

−Oui, j'ai cassé! J'aimerais que tu m'accompagnes à ce party. J'te trouve beaucoup plus rigolo et nous avons un dénominateur commun : nous collectionnons des cartes de hockey. Viendras-tu?

−Certainement! Avec la plus grande joie!

−D'accord, j'te laisse, car j'ai quelqu'un sur la ligne en attente. J'en ai pour *45 minutes* avec elle... c'est Moins Quinze. On se voit à l'école, demain. Salut Max.

Si j'avais été une allumette, j'aurais craqué!

Quand je lâchai le combiné, il était grand temps : il allait fondre dans mes mains comme une boule de crème glacée! Incroyable, Mariline Marleau m'invitait à sortir samedi soir. Super à la puissance 10! Mais, il y avait l'ombre d'Anne dans le portrait...

Et comment que je la connaissais Anne Aimike, ma voisine! Un piranha! J'arrosais le gazon, elle sortait le tuyau. Je plongeais dans ma piscine, elle apparaissait avec son tube et nageait. Une vraie pieuvre! Même au mois d'août, son visage était livide.

Ma joie était grande. J'avais assez d'énergie pour passer l'aspirateur, frotter la salle de bains, sortir les poubelles, déneiger l'entrée avant que Fernande et Paul-André ne reviennent du magasin. Il paraît que l'amour peut déplacer des montagnes...

11

Pop corn, doritos
et rock and roll

Il ne se passa pas un soir, ni un matin sans que je fasse les exercices que Maurice Richard m'avait suggérés. Je sentais mes jambes se renforcer. Le jour «P» approchait et j'allais chausser des patins et jouer au hockey.

Le party tant attendu arriva enfin. C'était le 18 décembre. En fait, j'avais royalement la trouille, comme un gamin qui monte sur un vélo pour la première fois : une frayeur incontrôlable, la sensation de marcher à côté de mes souliers, l'impression d'une impression...

Mes amis me trouvaient sympathique et drôle, mais, je ne savais ni danser, ni parler aux filles. J'allais vivre mon baptême de «surprise party».

—Ça va mon grand? me dit Fernande un peu inquiète.

—Brrr! Ça se voit que tu n'as jamais échoué ton test épidermique. Imagine-toi conduire une BMW neuve à la place de ta Honda vert lime préhistorique! Te sentirais-tu mieux dans ta peau?

Je sentais l'*after-shave* «Éternité» et le parfum «Calvin Klein» de Paul-André.

«Respire par le nez, Maxime Laforest, y a des situations pires que celle-là», me dis-je à voix haute. Je sortis de la maison, les épaules carrées, l'air serein, l'œil clair, les jambes molles, une tache de cirage noir sur mon jeans beige... et une prune en plein front! Avais-je l'étoffe d'un tombeur? Je tremblais intérieurement comme une feuille d'automne quand l'hiver se brise sur octobre.

J'emportai le LTP 2 000 sous mon bras. Arrivé chez ma déesse, je pesai délicatement sur le bouton de la sonnerie. Le carillon retentit dans toute la maison. Sa mère ouvrit et me fit entrer.

— B-b-bonjour, madame... Marleau! baragouinai-je.

— Bonsoir, Maxime!

Je lui souris *modestement*. Mariline descendit les marches de l'escalier, plus belle que la princesse de mon nouveau jeu Nintendo.

— Maxime, je te présente Brigitte, ma mère.

— Bonsoir, madame Bardot. Euh! s'cusez-moi, madame Marleau...

—Vous êtes très élégant, jeune homme.

—Eeeuh! Merci madame.

Dehors, Mariline glissa sa main dans la mienne, moite comme la serviette dans le cou de Jaromir Jagr. Je pressai les doigts de Mariline et elle me le rendit. Ouf! L'amour c'est comme un étau!

—Hé! Max, tu transportes ton ordinateur au party?

—Euh! J'ai pas terminé ma compo de français, lui dis-je en m'efforçant de ne pas bafouiller. Puisque c'est la fête d'Anne, peut-être voudra-t-elle m'aider un peu, entre deux danses? Anne, elle les connaît les accords des participes passés avec l'auxiliaire avoir, devant un verbe à l'infinitif, avec un verbe pronominal...

Comme j'aimais Mariline! On arrêta prendre Marie-Ève qui nous attendait impatiemment sur la galerie avec Accent Aigu, le toupet bleu graisseux lui tombant sur le front. Au coin de la rue Angora, Nicholas, Thuy et Moins Quinze se joignirent à nous. Isabel, Et Dix et Yannick se mêlèrent au groupe, à quelques pâtés de maisons. Lorsqu'on arriva chez Martine, où le party avait lieu, 32 filles et garçons se suivaient à la queue leu leu!

Pendant la soirée, alors que le lecteur de disques compacts jouait un *slow,* Mariline mit ses bras autour de mon cou et je l'enlaçai, *mais pas comme un soulier...* Nous nous étreignîmes langoureusement. Je glissai mes mains dans ses cheveux soyeux. Sa joue veloutée comme une pêche se frotta à la mienne. *J'approchais sûrement du septième ciel...!*

Amélie diminua l'intensité des lumières. Elle n'avait d'yeux que pour Et Dix dont la chevelure en broussaille donnait l'impression qu'il s'était peigné avec un pétard à mèche! Je découvris Mariline sous un tout autre angle. Elle posa sa bouche charnue sur la mienne et nos lèvres se caressèrent chaudement. OUF! Mariline me regarda dans les yeux et me murmura dans le creux de l'oreille :

— J't'aime, M-a-x!

Je posai ma bouche sur son oreille et je lui dis : «Je t'aime, moi aussi. Je rêve souvent à toi habillée dans ton costume d'Ève...» Elle sourit.

La soirée progressait. Nous dansions sur la musique de nos groupes et de nos chanteurs préférés. Je faillis trébucher dans le tapis, écrasant les orteils de Mariline. Je dansais *comme une réglisse* avec la plus belle fille de l'école.

Dans la pénombre des lumières tamisées, Jessica mit le plus beau *slow* de la soirée. Nous nous câlinions au rythme des charmes envoûtants d'une musique langoureuse.

* * *

Avant que la danse ne finisse, j'entendis une voix ténébreuse me dire à l'oreille :

«Viens patiner avec moi...»

–Excuse-moi Mariline, il faut que j'aille au p'tit coin...

Je saisis le LTP 2 000 que j'avais discrètement déposé dans la penderie, sous un foulard et une tuque. Je le mis en marche, je cliquai sur l'icône «Archives» et ensuite je choisis dans le menu «Remonter dans le temps». L'écran s'alluma. Maurice Richard apparut, dans son uniforme des années 50; il était à Toronto.

C'était un de ces fameux matchs que disputait le Canadien contre Boston. Émile «Butch» Bouchard lâcha ses gants et s'en prit à Ted Lindsay des Red Wings de Détroit. Maurice retenait le solide défenseur de l'équipe adverse et il n'en fallut pas plus pour que lui aussi se bagarra. Puis, le match continua.

— Salut fiston! me dit mon père.

Ému, je lui dis :

— Salut papa! fis-je avec de l'émotion dans la voix.

Il mesurait près de 2 mètres et il pesait bien 100 kilos. Il devait être fort comme un cheval!

J'étais vachement impressionné de voir mon père jouer avec le Canadien de Montréal.

Tout comme celui de Raymond Bourque des Bruins de Boston, son lancer frappé aurait pu foudroyer les meilleurs gardiens de la LNH. Il patinait à la vitesse de Ben Johnson et pouvait quasiment faire un 360 degrés sur un 10 cents! Moi, c'était le contraire...

Il me dit :

— Observe-moi bien. On apprend beaucoup en imitant les gestes des

autres. Je serai ton entraîneur quelques instants. Ensuite, tu pourras jouer normalement comme tous tes amis.

Mon père m'enseigna à filer à vive allure sur la surface glacée d'une patinoire. J'apprenais. Il me prodigua des trucs que seuls les professionnels maîtrisent aisément, comme l'art de manier rapidement la rondelle, de feinter, de patiner à reculons en prenant de la vitesse. Il me démontra la technique du lancer frappé et insista sur la façon de déjouer les défenseurs et le gardien de but.

Mon père ajouta :

–Joue au hockey le plus souvent possible, Maxime, et fonce! Tes jambes sont robustes et vigoureuses maintenant. Amuse-toi avec tes copains, au parc. Le hockey est le plus beau sport d'équipe que je connaisse!

Puis, il me regarda dans les yeux, me lança un clin d'œil et disparut... J'étais transformé! Il me semblait que subitement, les muscles de mes jambes se raffermissaient. Jamais je n'avais eu une aussi agréable et saine sensation.

J'éteignis le LTP 2 000 de mon oncle Hubert et je le remis dans le haut de la penderie sous mon foulard.

* * *

—T'avais une grosse envie, Max! fit Mariline.

—Oh oui! dis-je.

Anne me regarda bizarrement. Elle s'approcha de moi, toute mielleuse. Je roulai ma langue sept fois dans ma bouche avant de lui parler pour ne pas la peiner le jour de son anniversaire.

—Dis-moi donc, Maxime, je te cherchais partout. Où étais-tu passé? marmonna Anne.

—J'étais allé vider mon aquarium... J'ai dû donner la respiration artificielle à mon poisson rouge...

—Ah! Veux-tu danser ce *slow* avec moi...? demanda-t-elle.

Quelle empoisonneuse, Anne Aimike! Mais quelle entêtée! L'âme généreuse, je lui accordai la danse.

—Je te remercie Max. Je te trouve tellement gentil... et comme ton parfum est ensorcelant.

Anne était parfois excentrique. Elle portait une tuque de laine, une mini-jupe des années 70 et de longs bas troués qui lui montaient jusqu'aux genoux. Elle chaussait de vieux souliers de quilles. Elle devait sûrement posséder une âme d'artiste...

Pour commencer, elle mit ses bras autour de mon cou. Elle sentait le patchouli à plein nez. Ensuite, elle me pressa comme un citron. Alors, elle joua du genou...! J'avais maintenant des crampes aux côtes, car la pression qu'elle exerçait sur moi avec ses bras autour de ma taille m'éreintait. Ses ventouses me retenaient comme de la colle contact! Quelle lamproie... Le *slow* me semblait interminable. Ses mains moites caressèrent mes cheveux et le gel que j'y avais mis dégoulina sur mon front. Par chance, la danse se termina. Quel ruban adhésif, «âne» me moquai-je dans ma tête.

Elle traversa la pièce en zigzaguant. Retrouverait-elle le nord? Elle alla se rafraîchir à l'extérieur.

– Que t'est-il donc arrivé Max? me demanda Mariline.

– Mon père avait quelques conseils à me prodiguer... fis-je innocemment.

—Ton père? T'en as combien de père, toi?

—Je t'expliquerai...

Mais Mariline voulut en savoir plus long.

—Me croirais-tu, Mariline, si je te disais que je réalise mes plus beaux rêves? La vie a de ces bons moments...!

00 h 46 : Je rentrai à la maison resplendissant de joie. J'étais transfiguré...

12

Le grand triomphe
de ma vie!

J'ouvris un œil, au petit matin.
Mon corps baignait encore dans les
«vapes» du parfum de Mariline et
aussi un peu de celui d'Anne...!
Comment oublier tous les trucs
que mon père m'avait enseignés. Je
bondis de mon lit avec vigueur.
Charlot me regarda bêtement en
bâillant et en cambrant son dos
de félin. Mégot sauta dans mon lit et
je le flattai avec tendresse. C'était
grâce à sa présence et à son affection
si j'avais pu tenir le coup jusqu'à
maintenant. Aujourd'hui, le sang
bouillait dans mes veines et mon

cœur battait la chamade. Quelle fille superbe, cette Mariline Marleau!

Maintenant, il fallait que je persuade mes parents que j'étais capable de patiner. Et ça, ce n'était pas une mince affaire. Mais j'étais vraiment résolu à le leur faire comprendre. Je passai à l'attaque. J'avais dessiné mon plan de match : une période de réchauffement et *une offensive massive dans la zone adverse pendant trois périodes.*

Je tenais absolument à ce qu'ils m'achètent un équipement de joueur de hockey! Rien ne m'aurait fait baisser pavillon...

Quand je leur en parlai, à ma grande surprise, ils ne tombèrent pas dans les pommes. Ni Paul-André ni Fernande ne tentèrent de me faire renoncer à cette idée qu'ils qualifièrent tout de même de saugrenue. Ils m'écoutèrent attentivement. Ils dirent qu'ils y réfléchiraient durant le week-end. Fernande me fit prendre conscience que maintenant j'étais le seul à connaître mes capacités. Je devais garder secrètement l'existence de la fameuse machine à voyager dans le temps.

La fin de semaine me parut interminable. J'espérais qu'ils répondraient par l'affirmative. Mais dans le cas contraire, que ferais-je? Je regardai encore, dans ma chambre, le *«poster»* de Maurice Richard. Il m'avait prodigué les meilleurs conseils. Dorénavant, je devais être autonome et fonctionner sans son aide.

Chaque seconde me paraissait aussi longue que le cours de Moumoute. Je mangeais comme un glouton et je repris goût à mes tartines à la mayo. Quelle désolation! Deux jours plus tard, Fernande me dit :

–Maxime, viens souper. On mange de la lasagne.

Je me souviendrai toute ma vie de ce moment, ce 20 décembre.

—On soupe bien tôt, ce soir, lançai-je.

Mais ça faisait mon affaire. Je descendis les marches deux par deux, à la manière de Sylvester Stallone. J'avais les ailes d'un bimoteur et des pistons dans les jambes. Mes rotules semblaient huilées avec du WD-40. Quand je vis sur leur visage ce sourire étincelant qui allait changer ma vie, je leur sautai au cou! J'explosai de joie comme un enfant de trois ans devant le Père Noël. J'éclatai comme un pétard, une bombe à neutrons, un missile nucléaire, tellement je débordais d'énergie. J'en conservai une bonne dose pour patiner.

Après avoir avalé deux portions de lasagne, on se rendit à toute vitesse, à la boutique Lacourse Sport. Rien ne me fit plus plaisir que leur consentement à m'équiper de patins, de jambières, de gants, d'un casque et d'un bâton de hockey...

J'étais un nouveau Maxime Laforest! L'ancien, il était mort *sur le pont Jacques-Cartier...* J'allais enfin pouvoir jouer au hockey comme tous les jeunes Québécois!

J'appelai Samuel pour lui annoncer la bonne nouvelle, mais il était au parc. À la patinoire, Sam jouait avec des gars de l'école. Quand ils me virent arriver en courant avec mon équipement dans les mains, il s'arrêtèrent bêtement de jouer.

—Allô Max! tu viens jouer au hockey avec nous? s'exclamèrent-ils.

—Ai-je l'air de faire du parachute? leur répondis-je à la blague.

J'entrai dans l'abri et enfilai mon équipement. Mes lames brillaient comme les pare-chocs d'une Porsche Carrera! J'avais hâte de sauter sur la glace. En m'approchant de la patinoire, je ne pus m'empêcher de penser à Maurice Richard et à mon père. Mais mon copain de toujours me sortit de mes pensées.

–Viens Max, on va s'échanger la rondelle, me dit-il.

On fit quelques passes.

–Tu es vraiment capable de patiner?

Il me regardait comme si j'étais un extra-terrestre!

–Oui...! *J'AI PRIS BEAUCOUP D'ASSURANCE, mais pas à la Prudentielle!*

Mes amis de l'école me regardaient patiner, déjouer, feinter, frapper la rondelle et marquer des buts. Mon père ne m'avait pas dit que lorsque je sauterais sur la glace, je pourrais patiner comme un garçon de mon âge, mais avec beaucoup plus d'agilité. Je maniais mon bâton de hockey avec dextérité. J'avais l'impression d'avoir toujours patiné! Jamais autant d'yeux ne me fixèrent de cette façon, sauf quand Moumoute m'avait pincé à jouer avec mes cartes de hockey. J'étais peut-être un phénomène exceptionnel... après tout! Vingt-cinq bouches me crièrent : «Bravo Max!»

Paul-André et Fernande, accoudés sur le rebord de la bande, étaient sidérés! Quelle joie intense je lisais dans leurs yeux! Quelle satisfaction, pour des parents, de voir leur enfant patiner pour la première fois!

À l'insu de tous, j'avais invité Mariline au parc. Je portais le chandail numéro 9 et le nom de Maurice Richard dans le dos. Le seul chandail qui portait le numéro 9 et la bannière Maurice Richard dans le dos était le mien. Onomatopée gardait les buts et il les remplissait... Les joues encore gonflées de gommes à mâcher, on aurait dit un gros ouaouaron. Il avait la grâce d'une marmotte dans son accoutrement de gardien de but. Appuyé sur son bâton, il dormait au poste! Pour le réveiller, je lui décochai un faible lancer frappé.

—Eh! Maxime Laforest, modère tes transports! J'm'appelle pas Dominik Hasek.

J'aurais bien voulu lui dire que je me sentais comme Pavel Bure!

On se divisa en deux équipes. J'avais remarqué avec quelle aisance patinait Douk, le centre des Élites AAA. Alors, je bondis comme un lièvre. Les muscles de mes jambes devinrent durs comme du ciment. Je sentis circuler dans mon corps un courant électrique très puissant. Mes mains empoignèrent mon bâton de hockey comme des étaux de fer et les lames de mes patins mordirent dans la glace. Maurice Richard était vraiment un as du hockey! C'était grâce à lui si aujourd'hui je réalisais le rêve le plus important de ma vie : jouer au hockey avec mes amis! Je le remerciai...

Je m'élançai à vive allure. Onomatopée n'avait rien vu. S'il était capable de gober *6 «Big Mac», 4 frites, 2 litres de Coke et 5 chaussons aux pommes* en 15 minutes, on verrait bien s'il pourrait saisir mon *lancer frappé*. Dès que j'en eus l'occasion, je fis bondir la rondelle sur la palette de mon bâton de hockey et je filai vers le but adverse. Je décochai un lancer frappé avec toute la force dont j'étais capable!

Onomatopée reçut la rondelle en plein milieu du plastron. On l'entendit chialer. Il se plia en deux *comme un pain à hamburger*. Puis, sa mâchée de gomme fut propulsée à deux mètres par la pression de l'air. Alors, il s'effondra comme une *poche de patates,* les pieds par-dessus la tête dans le fond du filet.

Par chance, son équipement était de bonne qualité et il avait une bonne couche de graisse sur les os, sinon mon lancer lui en aurait fracassé quelques-uns.

−Ça va, Onomatopée? lui demandai-je.

−Aïe! Peuh! Pouah!

Je mis un peu de neige sur son visage et sur sa nuque. Il délirait :

−Le participe trépassé enlacé avec la garde-auxiliaire naître s'accorde avec le subordonné indépendant s'il est placé devant Mariline, baragouina Onomatopée visiblement dans un état anormal.

−Soulevons-le et transportons-le dans la cabane, dit Mariline en relevant la visière de son casque de hockey.

La reine de mon cœur avait joué avec nous...

−D'où sors-tu, Mariline? lui dit Samuel tout étonné.

− Je voulais être près de mon idole!

Mariline avait répondu à mon invitation. Mais je ne me doutais pas qu'elle faisait partie de notre équipe! Mariline patinait mieux que plusieurs garçons. On s'y prit à deux reprises pour transporter le lourdaud. Il reprit lentement ses esprits après que je lui eus versé un litre d'eau froide sur la tête. Onomatopée regarda Et Dix et lui dit :

—Archimède a déjà dit : «*Tout corps solide plongé dans du liquide, s'il n'en ressort pas mouillé après 20 minutes, considérez-le comme perdu...*»

Puis il lança quelques jurons incompréhensibles avant de sortir de sa léthargie.

Le meilleur joueur de hockey de l'école, Guy Douk, m'avait observé avec attention. Il s'approcha de moi l'air *fresh*...

—Eh! Max! Je t'ai regardé patiner et manier la rondelle. Sais-tu que tu pourrais faire partie de «MON» équipe d'élite?

–Pas sûr, Ti-Guy Douk, j'en ai vu des vraies élites, dernièrement.

–Aimerais-tu que je te présente à mon entraîneur?

–Laisse-moi y penser et m'amuser sur «LA» patinoire du parc pendant quelques jours... Tu viens Mariline? On va s'échanger la rondelle.

Mariline sortit de son porte-monnaie une paire de billets pour assister à un match de hockey au Centre Molson et les mit sous mon nez.

–Super! Canadiens contre Boston! m'exclamai-je.

–Maxime, on se défonce, Max! lança Mariline.

Mariline et moi patinions à vive allure comme des fous. On riait et on s'amusait. Le hockey, quel merveilleux sport! Je me sentais choyé et tellement heureux!

ÉPILOGUE

Six mois plus tard...

Un *jour miraculeux* restera toute ma vie gravé dans ma mémoire : celui où, pour la première fois de mon existence, je patinai avec mes amis à la patinoire du parc. Par la suite, je ne ratai pas une occasion d'y retourner. Le fameux LTP 2 000 de mon oncle Hubert me permit de démontrer ma gratitude envers Maurice Richard et mon père.

Certains jours, il m'arrivait de penser à mon oncle Hubert. Le LTP 2 000 était un instrument extraordinaire! C'est grâce à lui si j'avais pu connaître les statistiques des joueurs du Canadien et revoir une foule d'événements importants des Canadiens de Montréal. Mon carnet d'autographes recelait maintenant la griffe de tous les joueurs qui ont évolué avec le Canadien de Montréal!

Un jour, Ti-Guy Douk me présenta à son entraîneur. Je lui montrai mes talents et je passai le test avec succès. Aujourd'hui, je fais partie de l'équipe AAA des Élites!

Mes horribles cauchemars disparurent bizarrement.

Je m'amusais tous les jours avec ma collection impressionnante de cartes de hockey. Et certains soirs qui s'allongeaient jusque dans la nuit, quand je naviguais sur le LTP 2 000, j'avais parfois l'impression de sentir la présence de Maurice Richard à mes côtés... Se pourrait-il que mon oncle «Bert» Laforest et Maurice Richard aient été complices... C'est une question que je me suis longtemps posée.

Sapristi! Combien j'aimerais vous raconter la bouleversante et étonnante découverte que j'ai faite, ce matin. Ah oui! J'oubliais le plus important : je suis toujours en amour avec Mariline...

Le titre du prochain roman de Michel Foisy sera *La carte de 1 000 000 $*. Il fait suite à *La carte de hockey magique*. Vous retrouverez des personnages connus et aussi de nouveaux encore plus colorés! Un coup de filet de Maxime, Mariline et Samuel, digne des meilleurs limiers, mènera à l'arrestation d'un infâme bandit!... Un escroc aussi impitoyable que John Andrewski dans le roman jeunesse : **Le secret du lotto 6/49** publié aux Éditions du Boréal et écrit par le même auteur.

Pour les amateurs insatiables de hockey, de baseball et de collections de cartes, *la carte de 1 000 000 $* vous en mettra plein la vue! C'est à suivre...

© Michel Foisy

TABLE DES MATIÈRES

Ce cinquième tirage revu
et corrigé
a été achevé
d'imprimer en janvier 2003
sur les presses de l'imprimerie
AGMV Marquis
(groupe Scabrini)